本书获得 2021 年山东大学翻译学院建设项目资助

生命政治视域下的 21 世纪美国族裔文学研究

李晓丽　著

中国海洋大学出版社

·青岛·

图书在版编目（CIP）数据

生命政治视域下的 21 世纪美国族裔文学研究 / 李晓丽著. —青岛：中国海洋大学出版社，2021.8

ISBN 978-7-5670-2891-3

Ⅰ. ①生… Ⅱ. ①李… Ⅲ. ①文学研究－美国－21 世纪 Ⅳ. ① I712.065

中国版本图书馆 CIP 数据核字（2021）第 163850 号

出版发行	中国海洋大学出版社		
社　　址	青岛市香港东路 23 号	**邮政编码**	266071
出 版 人	杨立敏		
网　　址	http://pub.ouc.edu.cn		
电子信箱	wangjiqing@ouc-press.com		
订购电话	0532-82032573（传真）		
责任编辑	王积庆	**电　　话**	0532-85902349
印　　制	日照日报印务中心		
版　　次	2021 年 8 月第 1 版		
印　　次	2021 年 8 月第 1 次印刷		
成品尺寸	170 mm×230 mm		
印　　张	10.75		
字　　数	185 千		
印　　数	1—1000		
定　　价	29.80 元		

发现印装质量问题，请致电 0633-2298957，由印刷厂负责调换。

前　言

2017年9月起,笔者师从国内美国西语裔文学研究专家李保杰老师,开始进入美国族裔文学研究领域。在老师的推荐和指导下,笔者阅读了大量美国族裔小说文本和与之相关的研究文献,并从中发现了族裔文学研究与生命政治这一政治哲学热点话题的密切关联,从而明确了将此方向作为博士期间的研究方向。十分幸运的是,笔者所完成的有关美国族裔文学生命政治书写的论文相继被《当代外国文学》和《国外文学》等CSSCI期刊刊登,申报的"当代美国非裔小说中的生命政治书写研究"课题也获得了2020年度教育部人文社科青年项目的资助。这些成果的取得都是对笔者的极大鼓励,也进一步坚定了笔者对这个研究课题的信心。

本书是笔者针对该研究课题所进行的系统性阅读和研究积累的一个呈现,主要聚焦21世纪非裔、奇卡诺/纳和印第安文学中的代表性作家和文本,分析其如何通过虚构叙事和个人叙事,呈现生命政治在人口治理、经济生活和制度性治理等层面,给族裔个人和群体生存带来的影响,揭示生命政治在美国社会所表现出的内在治理逻辑;同时,通过挖掘文本中有关族裔传统文化和社区共同生活的描写,探讨族裔群体如何消解、对抗生命政治对其造成的伤害,如何治愈身心创伤,进而展开对人类共同体如何获得和谐与可持续发展的思考。

本书从福柯和阿甘本等政治哲学家提出的生命政治理论维度出发,依托21世纪美国族裔作家与文学文本,梳理和分析族裔文学中呈现出的生命政治,厘清生命政治如何影响少数族裔文学题材和内容的选择,从而建立起文学研究与政治哲学研究的跨学科研究范式与基础框架,并论证其现实性与可操作性。在研究中,力求发掘文本呈现出的、美国社会发展进程中生命政治对族裔群体的治理方式及其内在逻辑,为 21 世纪美国族裔文学研究提供一个新的思路,并在共性分析的基础上,进一步区分族裔作家生命政治书写的不同侧重与差异,对族裔作家群写作的横向比较做出方法和内容上的补充,进而拓宽和丰富国内美国族裔文学的研究视角和范围。另外,本书通过借用生命政治理论体系中的核心观点,将在政治哲学的视野下,进一步探讨 21 世纪美国族裔文学反映的美国种族问题和社会矛盾的生命政治根源,在虚构和现实的互文性中,讨论 21 世纪美国族裔文学所具备的对种族问题的剖析和批判功能,从而有助于深入理解美国族裔文学在整个美国文学中所具有的独特社会和历史价值。

李晓丽

2021 年 3 月于山东威海

目 录
Contents

绪　论

第一节　生命政治视域下美国族裔文学概述

20 世纪 70 年代后期，法国哲学家米歇尔·福柯（Michel Foucault）的研究重点从"规训权力"（displinary power）转到"生命权力"（biopower），而福柯对生命政治概念的界定首见于 1976 年出版的《性史》（*The History of Sexuality*）第一卷《求知之志》（"The Will to Know"）及当年的法兰西学院讲座"必须保卫社会"（Society Must be Defended），并在随后两年的法兰西学院讲座"安全、领土、人口"（Security, Territory, Population）和"生命政治的诞生"（The Birth of Biopolitics）中得到了进一步阐述。福柯将生命政治定义为对生命及其一举一动进行监视、干预、扶植、优化、评估、调节和矫正的权力技术，并认为这种权力不但具有生产性、扶植性和规范化的生命管理职能，而且具有摧毁、剥夺、限制和阻碍的压迫性和否定性力量。根据福柯的谱系学研究，他认为自 18 世纪人口概念形成以来，基于人口治理的生命政治便成为了国家治理的一个重要手段，因此他将始于 18 世纪的生命政治定义为"一种新的权力技术"[1]242，其存在是旨在对人口进行调节、干预、整合与提高。福柯对生命政治在人口调节和个体身体规训两个层面的"生命治理"职能进行了系统深入的阐发,认为其治理主要集中在这两个层面进行操作:一是施加于个体身体之上的一系列规训机制;二是瞄准整体人口总体安全和平衡并建立在人口统计学上的各种安全技术。福柯生命政治论的关键在于:"规范"在自由主义治理过程中定义何为"正常"并通过"知识"这一媒介而为主体所"内化"。在福柯看来,生命权力几乎必然是种族主义的。在种族主义话语模式下,生命权力比至高权力更会导致大屠杀(种族灭绝),因为它恰恰是关于谁"值得活"的权力。

福柯之后,意大利哲学家吉奥乔·阿甘本(Giorgio Agamben)将生命政治论推到了显学的位置,使其在近二十年的政治哲学界绽放异彩。在其《神圣人》(*Homo Sacer: Sovereign Power and Bare Life*, 1998)一书中,阿甘本将生命区分为 zoē 和 bios。"'zoē'表达了一切活着的存在所共通的一个简单事实——'活着';'bios'则指一个个体或一个群体的适当的生存形式或方式。"[2] 他所关注的生命政治将人的 bios 还原成 zoē,生命由此变为"赤裸生命"而被人随意而合法地宰割。在阿甘本看来,一部分人的生命被还原为"赤裸生命"是为了整个共同体人口的安全。更为重要的是,阿甘本分析了现代生命政治的"赤裸生命"何以生成:在例外状态下,正常状态下起作用的法律被悬置,生命由此丧失 bios 而成为生物性上的"赤裸生命",生命权力远离扶植生命的向度而转向"死亡政治"。同时,阿甘本在对集中营的分析中提出了"营地"(camp)的概念并将其延伸到了对现代生活的分析。他指出"营地"不仅指向那些权利被剥夺的群体,同时也指向那些形式权力完整而实质意义残缺的群体。

在美国少数族裔文学书写中,作家们通常十分关注其族裔群体的生存与发展,并意图通过文学创作来记录和反映少数族裔群体在美国社会曾经遭遇的不公正待遇,或者正在面临的现实困境。在美国社会的历史和现实中,少数族裔更容易成为生命政治博弈的受害者,其生命显得极为弱小而缺乏抵抗的力量。每当作为"他者"的少数族裔威胁到人口的"质量"与"安全"时,生命政治便会与种族主义暗合,借助权力机构及其话语机制对族裔个人和群体实施暴力压制。隐匿在族裔命运的苦难与悲伤之后的,是生命政治这一"旨在对人口进行调节、干预、整合、提高"的现代政治技术,以及它可怕的生命治理逻辑:"高等"种族和群体在保护生命的健康、纯粹和安全的名义下,可以"合法、正当"地监视、排斥、规训"劣等"种族和群体,甚至在需要的时候将其消灭。因此,在美国少数族裔的小说作品中,通常会看到族裔个体和群体的生命,因为被潜在地归类为"不洁的、低贱的、退化的",而遭到生命权力的恣意伤害,而少数族裔人口的繁殖、数量和健康等问题,也往往会影响到国家治理和种族之间的关系。少数族裔小说作家通过文学书写争夺话语权,揭露和控诉生命政治的双重治理逻辑,从而得以表达其对种族问题和族裔命运的关切,并实现对生命政治和种族主义话语的抵抗。

美国少数族裔小说的生命政治书写包含诸多视角,其中较为常见的是有关族裔人口构成和流动的主题。不同的族裔群体在人口的构成与流动上大都不尽相同,因此生命政治对他们的治理手段自然也会因时因地而异。由此,对于不同的族裔作家来说,他们有关生命政治书写的内容和题材也随之产生差异。比如,美国在 19 世纪末期出台的《排华法案》,就是政府出于人口控制和治理的考虑对华裔采取的排挤和打压手段。华裔作家汤亭亭(Maxine Hong Kingston)在《中国佬》(*China Men*, 1980)中,就控诉了美国政府通过禁止华工妻子入美,对华人男性实施的强制"阉割"。20 世纪初期,优生学的理论和研究发现大行其道,继续强化了美国白人社会对异族通婚和混血儿的排斥,甚至个别极端的种族主义者还会打着优生学的旗号,残害所谓"劣等种族"的生命。非裔和墨西哥裔人口中的混血儿人数较多,成为优生学主要针对的对象。黑人女作家内拉·拉森(Nella Larson)就在《越界》(*Passing*, 1929)中描写了女性混血儿在美国社会遭遇的歧视和迫害;墨西哥裔作家阿里汉德罗·莫拉利斯(Alejandro Morales)也在其历史小说《天使之河》(*River of Angels*, 2014)中讲述了白人种族优越论者一手造成的人伦悲剧。

生命政治在"例外状态"下对"赤裸生命"的暴力治理,造成了族裔生存的困境,是族裔小说生命政治书写针对的另外一个共同话题。"赤裸生命"和"例外状态"是阿甘本生命政治论的两个核心概念。"赤裸生命"是一种社会政治属性被剥夺而只剩下自然属性的生命状态。"例外状态"则在本质上是司法和政治秩序的悬置。处于社会边缘的少数族裔,其公民属性可被生命政治在"例外状态"下轻易褫夺,进而沦为阿甘本意义上的"赤裸生命"。其时,他们的健康、生命和基本权利皆因司法和政治秩序的悬置而无法得到保护,从而面临生存的危险和困境。同时,在历史、社会和政治因素的作用下,族裔群体被生命政治放置在不同的"例外状态"下,成为"赤裸生命"并丧失其公民属性和基本权利。在族裔小说中,不同的"例外状态"会衍生出不同的"赤裸生命"形态和生命政治书写。比如,珍珠港事件后,美国加州白人社区的仇日情绪高涨,几乎所有加州的日本侨民都被抓进拘留营,并一直被囚禁至二战结束。这一特殊事件在日裔作家约翰·冈田(John Okada)的《不愿参军的男孩》(*No-No Boy*, 1957)中有所呈现。冷战时期,美国医学界受冷战思维影响,为在疾病控制和预防核辐射危害方面获得突破性进展,在少数族裔身上实施了大量人体实验。因为贫穷和无知,有色人种妇女更易成为医学实验的受害者而饱受折磨。托尼·莫里森(Toni Morrison)的《家》(*Home*, 2008)就设置在这样的时代背景下,主人公茜成为白人医生优生学研究的试验品,身体遭到摧残。墨西哥裔作家阿里汉德罗·莫拉利斯的《死亡纵队长》(*The Captain of All the Men of Death*, 2008),也触及了冷战期间医生诱骗墨西哥裔女性进行放射性药物和外科手术试验的事件。

此外,少数族裔小说文本中出现的各类营地,行使着生命政治的监视与排斥功能,其生存空间的有限和条件的恶劣,是少数族裔作家常描述的场景。阿甘本认为,当"例外状态"被常态化,"营地"(camp)

的空间随即得以形成和延展。进入营地的不仅是权利被剥夺的群体,也包括形式权利完整而实质意义残缺的群体。因此,集中营、拘留营、原住民保留地和少数族裔聚居的贫民区都具备成为"营地"的特征,并能为生命政治治理提供场域与空间。然而,不同族裔小说文本中出现的营地,与作家所在族裔的生存空间和历史记忆相关,在形式上存在一定区别。纳粹集中营常出现在美国犹太作家的历史小说书写中。辛西娅·欧芝克(Cynthia Ozick)的《披肩》(*The Shawl*, 1989)和菲利普·罗斯(Philip Roth)的《夏洛克在行动》(*Operation Shylock*: *A Confession*, 1993)都有对集中营和大屠杀的描写,记录了纳粹生命政治以集中营这一极端形式,对犹太民族的野蛮治理。原住民保留地是印第安族裔群体生存的特定空间,在印第安小说中有大量对保留地自然和社会环境的描写。路易斯·厄德里克(Louise Erdrich)在其小说《圆屋》(*The Round House*, 2012)中,就描写了印第安人身处封闭的保留地无法得到联邦法律保护的冷酷社会现实。拉美裔则多聚居于城市中的贫民区,被白人社区和主流社会歧视、排斥在外。墨西哥裔作家马里奥·苏雷亚斯(Mario Suarez)的《奇卡诺人素描》(*Chicano Sketches*: *Short Stories*, 2004)和桑德拉·希斯内罗丝(Sandra Cisneros)的《芒果街上的小屋》(*The House on Mango Street*, 1983)都将故事背景放置在了位于城市生活边缘的贫民聚居区,描写了处于特殊地带的族裔群体生活。这些对各类营地的描写,处于不同的空间和时间维度,指向了生命政治借由营地这一作用场,强加在少数族裔生命上的不自由与不公正。

本书将以生命政治为切入点,选取 21 世纪具有代表性的非裔、奇卡诺/纳和印第安族裔作家与小说文本,深入分析其中生命政治治理给少数族裔个体和群体生命带来的否定性和破坏性的影响。同时,以福柯和阿甘本等政治哲学家的生命政治理论为依据,揭示生命政治的治理逻辑,探寻造成少数族裔生存困境的深层社会历史根源,思考人类命运共同体如何消解生命政治对弱势群体的伤害,获得和谐、可持续发展。同时,尝试从生命政治这一当代政治哲学界的核心关键词入手,以族裔小说叙事为依托,梳理生命政治治理术给族裔个体和群体生命及生存带来的影响,厘清生命政治如何影响少数族裔文学题材和内容的选择。由此,为国内美国少数族裔小说研究提供一个新的思路和视角,扩充其研究范围。另外,本书将生命政治理论引入少数族裔小说的研究,借用其理论体系中的人口整体治理与个体身体规训、福利国家与种族主义、"赤裸生命"和"例外状态"等相关视角,建构起美国少数族裔小说研究的一个思路和理论框架,进而论证生命政治理论与文学批评、研究结合的现实性与可操作性。

第二节　文献回顾

一、国外研究述评

国外生命政治视角下的文学研究在近十年呈现出大幅度增长的态势,这与生命政治理论在近二十年的西方政治哲学界日益成为显学和关注的焦点不无关系。西方学者们从不同的视角将生命政治切入文学文本的分析,将这个政治哲学关键词延伸到了文学的研究领域。同时,学者们借由文本分析提出的不同观点也在积极地对生命政治理论本身进行细节的增补和空隙的填充。

人口是生命政治治理关注的根本和焦点,同样也是生命政治视角下文学研究一个较为常见的入口。艾米丽·斯坦莱特(Emily Stenlight)在《狄更斯的"多余之人"与维多利亚小说中的生命政治想象》("Dickens's 'Supernumeraries' and the Biopolitical Imagination of Victorian Fiction", 2010)一文中,从生命政治的人口维度出发,讨论了维多利亚时期生物经济话语中人们面对的一个巨大困惑:在有限的人类空间内,过度的人口将会给社会带来诸多复杂和棘手的问题。同时,她认为在一定程度上,生命政治对贫困人口、住房和公共卫生的评估和治理直接影响了狄更斯城市小说的情节发展。迈克尔·帕里什·李(Michael Parrish Lee)在《加斯克尔的食物情节与工业小说的生命政治》("Gaskell's Food Plots and the Biopolitics of the Industrial Novel", 2017)一文中针对加斯克尔的工业小说《玛丽·巴顿》(Mary Barton, 1848)中与食物具体相关的情节展开讨论,指出由于受马尔萨斯(Malthus)的人口论,以及他对性欲和食物供应之间关系看法的影响,19世纪的英国小说由婚姻情节和"食物情节"之间的生命政治相互作用而形成。食物、饮食和食欲更是在情节展开中争夺着作者的叙事关注。可见,学者们对文学作品中人口问题的探讨不仅仅局限于"人口"这一个略为单一的维度,而是看到了人口与其他关乎人类生存的因素之间的密切内在关联,比如空间和食物,并将之延伸到了更宽广的生命政治视野。

在人口维度之外,个体身体的维度也必然存在于生命政治的讨论之中。在保护人口整体安全的过程中,生命政治必须对存在于"健康"和"正常"人口之外的那些"特殊个体"进行规训。因此,身体以及生命权力对身体的规训、压制和凝视也是生命政治文学研究较为常见的关键词。斯蒂芬·多尔蒂(Stephen Dougherty)在《杀手病毒小说中的生命政治》("The Biopolitics of the Killer Virus Novel", 2001)一文中提出,在日益数字化的晚期资本主义社会里,通俗小说借由对身体部位和身体形象的描写,影射了后现代身体面临的各种危机并表达了对当下和未来人类命运的真实焦虑。帕特里夏·楚(Partricia Chu)将生命政治视角开创性地纳入福克纳小说的研究。她在《福克纳与生命政治》("Faulkner and Biopolitics", 2011)一文中指出福克纳的短篇小说《高个子的人》(*The Tall Men*, 1941)尤其凸显了现代人的身体、政治治理和生命权力这三者间的关系,即现代生物学视角下的有机生命随着新的政府治理技术的兴起,会愈发受到生命权力的操纵。克莱尔·巴克(Clare Barker)在《畸形秀的民族:〈午夜之子〉中的怪物与生命政治》("The Nation as Freak Show: Monstrosity and Biopolitics in *Midnight's Children*", 2011)一文中认为小说《午夜之子》在历史语境中聚焦个人身体的残疾,批判了独立后的印度表面看似追求平等和对多样性的包容,实则存在对身体残疾者具有高度制度性的歧视和强制性的政治监视。雅丽·兰奇(Yari Lanci)在《铭记明天:菲利普·迪克早期作品中时间的生命政治》("Remember Tomorrow: Biopolitics of Time in the Early Works of Philip K. Dick", 2015)一文中讨论了在新自由主义和资本积累从福特主义向后福特主义广泛转变的时代背景下,菲利普·迪克前期作品中的那些"不正常"群体(外星人、变种等)所受到的正常化规训和专制政治秩序对其生存的影响。综观这些研究,身体危机是学者们关注的焦点,同时,对于导致这些危机产生的根源,学者们跳出了单一的身体维度,从生物学、经济学和政治学的相关不同视角展开了深入挖掘并得出了颇具洞察力的结论。

在生命政治治理的架构中,医学和生物学的作用重大,它们共同建构起了生命政治的知识话语体系和生命政治治理的强大科学逻辑根基,而文学研究则可以通过采纳自然科学的视角,从而不断拓展其研究的深度和广度。杰西卡·戴维斯(Jessica Davies)在其博士论文《生命的长度:维多利亚时代晚期的文学和帝国的生命政治》("Life Expectancies: Late Victorian Literature and the Biopolitics of Empire", 2010)中,以奥斯卡·王尔德(Oscar Wilde)、理查德·马什(Richard Marsh)和亨利·里德·哈格德(Henry Reed Harald)这三位维多利亚时代晚期作家的代表性作品为研究对象,通过挖掘他们的作品中对"性"的生物学思考,从而追溯在这一历史时期,文学作品所体现出的生命政治概念。戴维斯通过分析生物学、政治和权力这三者的复杂关系在维多利亚时代晚期文学中的呈现,认为19世纪末期英国生物学和政治学的融合使得其殖民主义向性别、性、种族和阶级等更为深入和隐秘的维度扩展。王福松(Fuson Wang)在《浪漫主义疾病话语:残疾、免疫和文学》("Romantic Disease Discourse: Disablity, Immunity, and Literature", 2011)中以玛丽·雪莱(Mary Shelley)的小说《最后一个人》(*The Last Man*, 1826)为浪漫主义时期疾病叙事的典型代表,讨论了浪漫主义文学的生命政治意义,及其从中投射出的浪漫主义时期医学所具有的重大时代意义。贾斯丁·奥玛尔·约翰逊(Justin Omar Johnson)则在他的博士论文《假体小说与后人类身体:21世纪的生物技术与文学》("The Prosthetic Novel and Posthuman Bodies: Biotechnology and Literature in the 21st Century", 2012)中,选取了石黑一雄(Kazuo Ishiguro)《别让我走》

（*Never Let Me Go*, 2005）、玛格丽特·阿特伍德（Margret Atwood）《羚羊与秧鸡》（*Oryx and Crake*, 2004）、因德拉·辛哈（Indra Sinha）《人们都叫我动物》（*Animal's People*, 2007）和珍妮特·温特森（Jeanette Winterson）《石神》（*The Stone Gods*, 2008）这四部他归类为"假体小说"（prosthetic novel）的英语文学作品，聚焦这四个文本中受到生物科技影响而发生形变的四类后人类身体：克隆人、动物与人的杂交体、被化学毒素侵害的身体和人机嵌合体，并分别从移动的监视和后人类身份认同、生物科技的反乌托邦愿景、后殖民环境主义和哈拉维的"赛博格"理论这四个角度展开文本分析，讨论了生命政治进入生物技术阶段后对解剖政治和物种身体的整合，以及由此引发的主体身份认同危机和未来人类命运将会面临的威胁。在这些研究中，学者们结合他们对科学技术的思考和对文本的深入挖掘，普遍得出这样的结论：在生命政治治理的过程中，以医学和生物学为主的科学和技术手段有可能会背离人的原初愿望而给人类带来不可弥补的、灾难性的后果。

随着资本主义向新自由主义和全球化转变，生命政治逐渐展布并深入到了日常生活的"毛细血管"之中，其治理方式和手段变得更加隐秘难测，同时这也必然会给现代生活和现代人带来更多的困境和问题。彼得·维尔穆伦（Pieter Vermeulen）的文章《在鱼缸中：戴维·福斯特·华莱士〈这是水〉和〈苍白的国王〉中的生命政治想象》（"In the Fishtank: The Biopolitical Imagination in David Foster Wallace's *This is Water* and *The Pale King*", 2013）分析了华莱士小说作品中所呈现的生命政治对日常生活的治理，指出在资本主义向新自由主义转变的过程中，人类的"世俗"生活所受到的生命政治具有重构意义的隐秘影响。克里斯托弗·布鲁（Christopher Breu）在其著作《物质的坚持：生命政治时代的文学》（*Insistence of the Material: Literature in the Age of Biopolitics*, 2014）中试图在生命政治视角下，透过五部 20 世纪后半叶的美国小说对后资本主义和全球化时代的"物质性"进行理论建构。布鲁从经济全球化、拜物主义、生物医学等视角出发，重新审视和思考文学书写在后资本主义时代呈现出的、形态各异的"物质性"，认为社会生活的"物质性"作为生命政治的无意识的反面存在，以各种形式拒绝融入生命政治对生命和生活的控制，因此是对生命政治治理隐秘性的一种相对有效的反抗。

20世纪末期，意大利哲学家吉奥乔·阿甘本重新扩展和延伸了福柯的生命政治理论。他所提出的"例外状态"（state of exception）、"赤裸生命"（bare life）和"营地"（camp）等概念受到政治哲学界的广泛关注并成为当时政治哲学的热门关键词。众多对经典文学作品的阐释也依托这一热点，获得了新的视角并焕发出新的生命力。学者们借用阿甘本的理论进行文学阐释，同时也在文学阐释的过程中对阿甘本的理论做出了相应的补充。威廉·麦克莱伦（William McClellan）在《"满脸苍白"：阿甘本的生命政治理论与乔叟故事中的君主主体》（" 'Ful Pale Face': Agamben's Biopolitical Theory and the Sovereign Subject in Chaucer's *Clek's Tale*", 2005）一文中，从阿甘本的"赤裸生命"和"姿态"这两个基本概念角度出发，分析了三个不同场景下女主人公如何完全臣服于君主王权而被降为阿甘本意义上的"赤裸生命"，同时讨论了乔叟笔下的中世纪君主主体如何行使其"让人死"的至上权力。而在其著作《奥斯维辛后读乔叟：王权权力与赤裸生命》（*Reading Chaucer after Auschwitz: Sovereign Power and Bare Life*, 2016）中，麦克莱伦将研究进一步深化，他借用了阿甘本"主权的弃置""姿态"等理论视角试图构建起一种"以伦理的眼光阅读历史"的新范式，并以此解读乔叟作品中主权权力对人类主体性的破坏作用。同时，他还指出奥斯维辛和大屠杀带来了一种生命政治视域下的新的伦理观，进而影响了我们对传统文学的阅读。罗伯特·S. 斯图格斯（Robert S. Sturges）从性别主权逻辑的视角出发，在《〈特洛伊罗斯与克丽西达〉中的例外状态与君主男性气概》（"The State of Exception and Sovereign Masculinity in *Troilus and Criseyde*", 2008）一文中,指出乔叟（Chaucer）试图在这首长诗中揭露这样一个事实:男性性别主权在"特洛伊围城"的"例外状态"下极易丧失其权威性和其对弱小女性的保护力。亚历克斯·迪克尔（Alex Tickell）在《吉卜林的饥荒浪漫史:〈征服者威廉〉中的男性气质、性别和殖民地生命政治学》（"Kipling's Famine-romance:Masculinity, Gender and Colonial Biopolitics in *William the Conqueror*", 2009）一文中指出:短篇小说《征服者威廉》反映了 19 世纪时,在饥荒和传染性疾病流行的情况下,英国殖民政府对印度社会采取的生命政治干预手段,而小说中的"饥荒营"是生命权力治理在面对紧急状态时采取的一种"排斥性纳入"（exclusive inclusion）的手段,因此,该文本与阿甘本的"营地"和"例外状态"理论极为契合。威廉·斯潘诺斯（William V. Spanos）在其专著《例外主义国家与例外状态:赫尔曼·梅尔维尔的〈水手比利·巴德〉》（"The Exceptionalist State and the State of Exception:Herman Melville's *Billy Budd, Sailor*", 2011）中指出:《水手比利·巴德》以文学虚构的方式呈现了美国早在清教徒时期就业已形成的"例外状态"范式。而在后"9·11"的时代背景下,对这部小说的重新解读有助于理解美国民主社会中"例外状态"的生成逻辑及其现代性发展历程。唐纳德·皮斯（Donald Pease）在《从营地到公地:生命政治角度下道格拉斯和梅尔维尔作品中变化的地理》（"From the Camp to the Commons:Biopolitical Alter-Geographies in Douglass and Melville", 2016）一文中,通过分析道格拉斯自传作品《我的枷锁与我的自由》（*My Bondage and My Freedom*, 1855）中的"赤裸生命"和种植园奴隶制,以及《白鲸》（*Moby Dick*, 1851）对黑人船员皮普命运的描写,提出了"从营地到公地"的概念,进而补充阿甘本生命政治理论构架中所忽视的"营地"与奴隶制、殖民主义和种族灭绝之间的相互关联。

少数族裔、难民和女性因其弱势群体的地位,不得不经受生命权力的压制而面临难以挣脱的生存困境。这类现实层面的问题也是生命政治视角下的文学批评无法轻易忽视和略过的一个方面。帕特里夏·楚（Partricia Chu）在《族裔小说的审视：苏珊·崔〈美国女人〉与后平权时代》（"The Trials of the Ethnic Novel：Susan Choi's *American Woman* and the Post–Affirmative Action Era", 2011）一文中，以小说《美国女人》为切入点，探讨了当代族裔小说折射的隐匿在美国公民政治生活和经济生活中的生命政治，生命权力治理手段在后平权时代发生的新变化，以及这种新变化给少数族裔生存带来的新困境。爱德华·A. 阿维拉（Edward A. Avila）在其博士论文《（不）可能的条件：死亡政治学、新自由主义与当代奇卡诺 / 纳电影与文学中的死亡文化政治》（"Conditions of（Im）possibility：necropolitics, neoliberalism, and the cultural politics of death in contemporary Chicana/o film and literature", 2012）中，借由两部奇卡诺 / 纳纪录片和一部奇卡诺小说审视了当代新自由主义治理下，布展在美墨边境的死亡政治权力造成的弱势人群被驱逐、生命被弃置和公民资格被剥夺的问题，并借由女性遭遇的暴力侵害将对暴力的关注延伸到了更为复杂和深刻的性别、种族和阶级维度。乔治·威廉姆·特维格（George William Twigg）在其博士论文《萨尔曼·拉什迪小说作品中的生命政治、种族与反抗》（"Biopolitics, Race and Resistance in the Novels of Salman Rushdie", 2015）中，主要关注拉什迪是如何在其小说中描述国家和"超种族"所采取的极端种族主义的生命政治治理，"超种族"对于"亚种族"的屠杀，以及生命权力如何在空间中布展并遭遇到各类不同形式的抵抗。杰克·泰勒（Jack Taylor）在《比格·托马斯的政治主体：理查德·赖特〈土生子〉中的凝视、生命政治与法庭》（"The Political Subjection of Bigger Thomas：The Gaze, Biopolitics, and the Court of Law in Richard Wright's *Native Son*", 2016）一文中，探讨了《土生子》中比格·托马斯如何在生命权力的规训和凝视下，在法律的"排斥性纳入"中丧失了主体性。同时,通过对小说中法庭审判的深入分析,泰勒将对生命政治的讨论延伸到了福柯和阿甘本都未曾提及的法庭空间。迈克尔·理查德森(Michael Richardson)的专著《证言姿态:文学中的拷问、创伤与情感》(*Gestures of Testimony:Torture, Trauma, and Affect in Literature*, 2016)选取后"9·11"文学中的证言叙事为文本对象,聚焦文学如何见证"9·11"后美国政府将阿拉伯移民臆想为"恐怖分子"并对其施加的酷刑和暴力,如何描述那些不可知与不可表现的事件。霍莉·布朗(Holly Brown)的《从杰丝明·沃德和卡娜·沃克的后卡特里娜作品看吉奥乔·阿甘本的"赤裸生命"》("Figuring Giorgio Agamben's 'Bare Life' in the Post–Katrina Works of Jesmyn Ward and Kara Walker", 2017)围绕沃德的小说《拾骨》(*Salvage the Bones*, 2011)和沃克的视觉散文《洪水过后》("After the Deluge")这两部与卡特里娜飓风相关的作品,聚焦非裔美国人被剥夺了政治意义的身体,细致分析了在种族迫害可以追溯到奴隶制的整体框架中,两位作家 / 艺术家如何描述卡特里娜飓风这样的具有断裂性指向意义的事件给当代美国黑人生存带来的破坏性影响。虽然这些研究关注的族裔文本各不相同,但都关注到了作家通过这些文本想要表达的强烈社会责任感和政治诉求。

还有学者将生命政治视域下的文学批评放在殖民主义和后殖民主义语境下加以考量。安德鲁·麦卡恩(Andrew McCann)在《生命政治与文学的潜能》("Biopolitics and the Potentia of Literature", 2018)一文中梳理了福柯、姆姆贝、阿甘本、埃斯波西托、奈格里和哈特等人的生命政治理论,并基于姆姆贝的死亡政治理论对库彻(Coetzee)的《等待野蛮人》(*Waiting for the Barbarians*, 1980)等文本进行分析,讨论了殖民主义和后殖民主义语境下生命政治理论与文学批评互相结合的路径。迈克尔·格里菲斯(Michael R. Griffiths)主编的文集《后殖民文学与文化中的生命政治与记忆》(*Biopolitics and Memory in Postcolonial Literature and Culture*, 2016)从澳大利亚文学和文化文本中选取典型研究素材，试图解决后殖民时期记忆受限的方式，以及探讨那些超越并挑战殖民统治思想遗产的诗学作品。这部文集一共分为两个部分。第一部分围绕后殖民主义的治理方式展开讨论，不仅讨论了殖民创伤这一澳大利亚文学文化批评中的固有话题，而且关注了后殖民主义在全球范围内的剥削与掠夺行为。第二部分则通过文本细读找出后殖民文学和美学文本中出现的时间和记忆的特定轮廓，进而讨论文学和文化文本中记忆和生命政治之间的内在关系。

"乌托邦"作为文学批评和生命政治融合的另一个交叉点和对接口，也受到了国外学者的关注。克里斯蒂安·P.海恩斯（Christian P. Haines）的博士论文《被称为美国的欲望：美国文学中的生命政治与乌托邦式生活》（"A Desire Called America: Biopolitics and Utopian Forms of Life in American Literature", 2012）以美国文艺复兴时期和 20 世纪 60 年代后这两个时期的文学为研究对象，指出美国独特的乌托邦理想必须从生命政治的视角来理解。围绕乌托邦这一核心关键词，海恩斯重点分析了威廉姆·伯勒斯（William Burroughs）晚期三部曲中的生命政治与"回溯性"乌托邦，惠特曼（Walt Whitman）《草叶集》（*Leaves of Grass*, 1855）中美国民主的生命政治形态和乌托邦式表达，艾米丽·迪金森（Emily Dickinson）作品中的生命政治诗学与婚姻主题，以及托马斯·品钦（Thomas Pynchon）《抵抗白昼》（*Against the Day*, 2006 ）中的时间要素所呈现出的生命政治性。《生命政治与乌托邦：跨学科的读者》（*Biopolitcs and Utopia: An Interdisciplinary Reader*, 2015）是由帕特里夏·斯台普顿（Patricia Stapleton）和安德烈·拜尔斯（Andrew Byers）共同编写的文集。文集第二部分包括两个章节，是从文学批评的视角探讨了科幻小说中乌托邦与生命政治之间的相互关联，分析了科幻小说如何从政治和文化角度反映人类对生物技术的恐慌，并进一步指出科幻小说作家对新技术潜在风险进行夸大和消极描写的动机及其影响。

　　此外，还有学者注意到了文学叙事所具有的解构和对抗生命政治压制的力量。阿恩·德·博弗（Arne De Boever）在其著作《叙事关怀：生命政治与小说》（*Narrative Care: Biopolitics and the Novel*，2013）中选取了四部与新自由主义民主中的生命政治相关的英语小说，分别从性与种族、大屠杀、萨德主义、创伤和记忆等不同角度讨论了小说文本、生命政治和政府治理这三者间的内在关联，并探究在一个充满意外、危机和例外的时代，叙事关怀所具有的治愈效果和现实意义。迈克尔·约瑟夫·诺斯卡（Michael Joseph Noschka）在其博士论文《莎士比亚时代的生命政治》（"Biopolitics in the Age of Shakespeare"，2014）中指出，在莎士比亚时期，"生命"和"人类"已表现出被生命政治物质化和工具化的特点，而当时的文学作品中也已经出现针对这一现象的对抗性书写。他从"邻里之爱"的角度出发，沿着政治神学的轨迹分别讨论了马洛（Marlowe）的《浮士德博士》（*Doctor Faustus*，1592）中个人与共同体的悲剧性解体，莎士比亚的《一报还一报》（*Measure for Measure*，1623）中"慈悲"所具有的政治改革潜力、《冬天的故事》（*The Winter's Tale*，1623）中的"后人类他者"以及《雅典的泰门》（*Timon of Athens*，1623）中作为治理手段的"殷勤好客"。

　　综上，国外生命政治视角下的文学研究重视对经典作品的重新解读，以新的视角让经典在新的时代背景下焕发出了新的生命力，这种重新解读也论证了生命政治视域下的批评话语所具备的阐释效能。从整体来看，国外生命政治视角下的英美文学批评已初步建立起多维阐释框架。研究对象覆盖面广，包含众多经典文本，所涉文类包括小说、戏剧和诗歌，其中小说占比最大。研究者主要关注文本中生命政治的表达，以及不同治理手段给人类生存和命运带来的影响，并以生命政治为内在核心，向外寻找文学文本和理论的更多结合点。但整体来看，研究内容还不够丰富和多元，对当代作家、作品的关注相对较少。族裔文学中的生命政治研究虽有涉及，但依然还有许多重要族裔作家及作品亟待进一步挖掘。

二、国内研究述评

与国外的相关研究相比,国内针对外国文学作品的生命政治研究起步较晚,在学术产出的数量和研究广度与深度上都与国外有着一定的差距。但可以肯定的是,国内外国文学学界已经开始关注这一研究视角并有较高质量的学术论文发表。

首先,国内学者从文学批评的视角出发,对生命政治理论中的核心概念加以梳理和概括。张凯的《生命政治》(2015)一文是对生命政治这一理论概念的概括性和介绍性文章,对外国文学中的生命政治研究前景也做出了积极肯定的预测。他从国家理性和人口问题、自由主义与安全以及死亡政治的逻辑这三个角度对福柯和阿甘本的生命政治论进行了梳理和对比。在此基础上,张凯指出生命政治改变了现代政治主体的生存状态,使其既对活着充满渴望又对死亡有着无尽担忧,而这种心理反映在了 19 世纪大量出现的悬疑和侦探小说、20 世纪流行的科幻文学和后启示录小说和文学中。同时,他认为在当代文学批评与文学理论的政治学转向和政治哲学理论的文学转向中,生命政治必会获得更大的阐释效力与实践空间。此外,张凯在《西方文论关键词 神圣人》(2020)一文中,对阿甘本所提出的"神圣人"概念以及其中所包含的生命政治"死亡逻辑"进行了系统的阐释与分析。他的研究重点集中于梳理和阐发"赤裸生命""例外状态""集中营"这三个关键词上。安婕在《西方文论关键词 治理术》(2019)一文中,对福柯生命政治理论体系里具有转渡作用的概念"治理术"进行了系统的介绍,在梳理治理术的发展谱系的基础上,侧重分析了作为权力分析框架的治理术和作为国家治理模式的政治治理术以及作为主体化模式的个体治理术。庞红蕊在《生命的分裂与无为:论阿甘本的"人类学机器"》(2020)中,评介了阿甘本的专著《敞开:人与动物》

（*The Open：Man and Animal*，2002）。文章指出阿甘本在这本著作中讨论了知识体系与至高权力之间的共谋关系，并提出了以"无为"来中止在知识权力网络下运转的人类学机器。

时代和社会背景的差异会导致生命政治治理手段的差异，因此文学中的生命政治研究必然要关注宏大的历史和社会因素，这也是国内学者较为集中关注的一点。孙红卫在《"那里有一个赤裸的人"：试论马尔登诗歌中的生命政治和诗学救赎》（2012）中参照北爱尔兰民族矛盾和宗教冲突的历史语境，分析保罗·马尔登（Paul Muldoon）的诗歌对生命政治的批判、对生命权力强大机器的瓦解以及对例外状态中赤裸生命的诗学救赎，以阐释诗人在北爱尔兰政治动乱中所做出的诗学尝试。王彦军在《〈瘟疫年纪事〉中的"生命政治"书写》（2014）中对笛福（Defoe）小说《瘟疫年纪事》（*A Journal of the Plague Year*，1665）中的牧师引领模式、公共管理措施和健康政治等生命政治思想进行分析，并讨论了小说中建构起的"瘟疫话语"与"反瘟疫话语"的双重叙事模式。王彦军、刘立军在《〈鼠族〉中的生命政治叙事》（2017）中，以莱维（Levi）和阿甘本解析奥斯维辛囚犯的生命形式为视角，从见证者、被淹没的穆斯林、耻辱感与罪恶感等层面，解读《鼠族》（Maus，1991）中大屠杀受害者表现出的生命政治形式。安婕在《"坠落的人"与生命政治的主体形象》（2018）中将唐·德里罗（Don DeLillo）《坠落的人》（*Falling Man*，2007）置于后"9·11"生命政治社会的大背景下，探查出现在小说文本的共时结构中、语言规范化下的规训主体和神圣人主体形象，并对二者的差异性进行了深入细致的分析。谷伟在《反抗数字时代的生命权力——论弗兰岑〈纯洁〉的文化政治策略》（2019）中，探讨了小说所表现出的数字时代生命权力的扩张趋势，以及大数据网络下，光速数据统计所实现的深度生命政治的人口治理范式，同时，也以小说文本为基础，分析了乔纳森·弗兰岑（Jonathan Franzen）借由《纯洁》（*Purity*，2015）这部小说想要传达的逃离生命权力管控机制的可能与手段。

同时,国内学者也将视角延伸到具有丰富生命政治表征的科幻小说文本上,挖掘科幻小说对当下和未来人类生命持续发展问题的深切关注,所涉文本为当代美国科幻文学中的代表性作家的代表性作品。蔡振兴在《巴特勒〈创生三部曲〉中的科技、环境与生命政治》(2014)中尝试从科技、环境与生命政治角度来讨论三部曲背后隐藏的宰制、剥削和殖民等内在问题,并借用"伦理选择"的视角分析人类如何走出其面临的生存困境。唐启翠、阳玉平在《〈分歧者〉生命政治实验的人类学意义》(2017)一文中,对"反乌托邦"的青春科幻小说《分歧者》(Divergent, 2011)中基于性格原型进行的社会分类和生命政治实验进行了反思,并通过小说文本中作为异类的"分歧者"在认同危机的状态下与治理者间的矛盾冲突,深入探讨了治理术和管理的适度性等生命政治的核心问题。束少军在《〈地狱〉中的生命政治书写》(2017)中分析了丹·布朗(Dan Brown)科幻小说《地狱》(Inferno, 2013)中呈现的生命权力对作为人口整体的生命所具有的扶植性和摧毁性力量,这两种对立力量之间共谋性的一面,以及小说传达的权力面前人皆"裸命"的悲凉事实。张和龙、钱瑜在《权力压迫与"叙事"的反抗——〈别让我走〉的生命政治学解读》(2018)一文中,认为石黑一雄的《别让我走》这部小说是一部表现生命权力压迫的阿甘本式的政治小说,并重点分析了小说呈现的空间隔离与"裸命"生存、"例外状态"与"合法"悬置等具有的生命政治学意义,并讨论了小说文本叙事所具有的反抗生命政治的力量。

此外,支运波从生命政治的不同视角出发,聚焦《一九八四》(1984, 1949)这个极具代表性的文本,进行了较为深入的阐释。基于对文本的解读,他探讨了生命权力对主体的离身性塑造和科学技术对主体的具身性塑造,并关注到监控和医学技术使得身体处在生命权力的可视化控制之中,而这种视觉化操作更进一步造成了政治和身体间的隐喻关系。同时,他还讨论了生命政治面向表面身体、内部身体和分子身体的不同治理手段,以及生命在应对这些手段时所具备的抵抗潜力。另外,通过分析和比较主人公的政治生命和他所期望的无产者的生物生命,支运波认为奥威尔在小说中宣扬了政治生命是一种不值得活的生命,表达了无产者的生物生命终将在与政治生命的博弈中获胜的乐观主义态度。

综上,国内生命政治视角下的外国文学研究既包括了理论视角的研究,又有对经典作家作品的关注,同时也关注到了少数族裔作家,如非裔科幻女作家奥克塔维亚·巴特勒。但是,与国外研究相比,在对经典的再挖掘和理论视角的创新方面还存在一定差距,进入研究视野的作家作品在数量上也较为有限,研究的视域也较为狭窄,需要在未来研究中进一步地扩展和延伸。

第一章
21 世纪非裔文学中的生命政治书写

第一节　21 世纪国内非裔文学研究综述

进入 21 世纪以来，美国非裔小说持续得到国内学术界关注，研究视角和主题愈发多样化。首先，学者们从不同批评视角对美国非裔小说展开分析和探讨，其中主要包括精神分析、神话原型批评、现代主义、后现代主义、魔幻现实主义、新历史主义、后殖民主义、女性主义、生态批评、身体政治、空间等。杜志卿、张燕(2004)运用弗莱的原型批评理论，从西方传统神话中追寻原型，考察莫里森笔下秀拉这一人物形象；吴宏宇、夏宏钟在《多重交错 求同存异——〈看不见的人〉中的多重原型解析》(2007)中同样运用原型理论解读拉尔夫·埃里森(Ralph Ellison)的小说，揭示美国黑人文化与美国多元文化社会的并存关系；王逢振在《文学中的后现代伦理：后期的德里达、莫里森和他者》(2006)中运用德里达的理论，并从社群的概念入手，以莫里森《宠儿》(Beloved, 1987)作为主要的文学实例，说明其在解释后现代美国叙事中的适用性；王玉括在《在新历史主义视角下重构〈宠儿〉》(2007)中从新历史主义的角度对比《宠儿》与玛格丽特·加纳的《黑人丛书》中关于黑人奴隶生活的描写，指出美国奴隶制对人性的摧残；刘白在《论新历史主义视角下的〈已知世界〉》(2008)中同样采用新历史主义视角,并主要运用蒙特罗斯的"文本的历史性"和"历史的文本性"理论,分析美国非裔作家爱德华·P.琼斯(Edward P. Jones)的小说《已知世界》(*The Known World*, 2003);李慧辉和孟东红在《〈爱娃〉中的群体语言与"隐痛无言"》(2008)中从语言学角度分析其中的结构和语言,揭示了莫里森如何利用个体声音重构真相表现奴隶制下黑人的经历,又如何汇合单个的声音建构群体语言重构奴隶史的群体意识;谷红丽在《〈永远的约翰尼〉的叙事策略》(2008)中聚焦小说运用的叙事策略,指出魔幻现实主义的手法将小说置于了一个更加宏大的叙事框架中,有利于表现小说主题;金艳丽在《从叙事心理治疗视角解读莫里森的小说〈宠儿〉》(2010)中从叙事心理学中的叙事心理创伤出发,分析莫里森《宠儿》中人物的创伤疗愈的手段;王玉括在《非裔美国文学中的地理空间及其文化表征》(2009)中通过分析三个不同时期的代表性文本,指出地理空间在非裔美国文学中的隐喻作用及其文化表征;章汝雯则在《莫里森作品经典化问题的后殖民审视》(2014)中运用后殖民主义理论,分析莫里森作品的经典化过程,及其经典化过程中意识形态、奖项、教育、文学批评等因素所产生的影响;马卫华在《黑色灵魂的复归——从拉康的视角解读托妮·莫里森的主体性》(2016)中运用拉康的精神分析理论,从语言分析的角度解读作品中的南方意识,从而探究莫里森作品中主体性的复归。

其次,美国非裔小说的研究主题呈现出更加多样性的发展趋势。有学者从种族的历史、社会、精神、心理等文化因素入手,着重研究黑人形象、黑人性和种族身份,如王守仁、吴新云在《白人文化冲击之下的黑人心灵——评托妮·莫里森的小说〈最蓝的眼睛〉》(2000)中从黑人种族及文化的视角来分析这一作品,指出了莫里森相比于同时代其他非裔作家的超前性;曾竹青在《祖先的遗产:美国黑人文学寻根主题的变奏曲》(2000)中通过分析艾丽丝·沃克的《外婆的日用家当》("Everyday Use", 1973),强调了美国黑人文化对于构建黑人性与黑人身份的核心地位和重要作用；宫玉波、梁亚平在《殉难、复仇、融合——试评美国文学中黑人形象的嬗变》(2003)一文中探讨了黑人形象从主张殉难牺牲到暴力复仇再到融合统一的演变轨迹；王湘云在《为了忘却的记忆——论〈至爱〉对黑人"二次解放"的呼唤》(2003)中提出为了走出历史阴影，黑人不仅需要直面以往的历史，也要为了当下与未来忘掉历史；陈法春在《美国黑人文学对"美国梦"的双重心态》(2003)中指出美国黑人文学既存在对白人种族主义的反抗，同时也包含对美国梦理想的价值认同和共同追求。通过控诉、抗议、批判，黑人文学争取着追求美国梦的权利，也将弘扬黑人文化当作从边缘走向中心、构建黑人身份的一种表现形式。朱梅在《拒绝删除的记忆幽灵——从托尼·莫里森的〈宣叙〉谈起》(2008)中从记忆角度出发，分析该小说借记忆拒绝遗忘、反省自我的主题，指出莫里森意在对抗遗忘，以此对抗黑人文化的衰亡；也有学者关注到黑人社群内部的暴力现象，并尝试分析其潜在原因，如朱小琳的文章《托妮·莫里森小说中的暴力世界》(2009)认为莫里森在创作中从否定暴力到洞悉暴力根源再到同情和谅解，并在对暴力的思考中重新审视了黑人的种族苦难和历史；方红、刘戈在《种族主义与黑人家庭暴力——评艾丽斯·沃克的〈格兰齐·科普兰的第三次生命〉》(2008)中指出美国社会的种族主义压迫是导致黑人个体悲剧的最根本的社会根源；方红在《种族、暴力与抗议：佩特里〈大街〉研究》(2017)中从暴力视角探究了种族暴力与性暴力、暴力书写与社会抗议的关系，呼吁黑人从心理上抵御种族社会的文化暴力。还有的学者重视性别因素并探讨性别的种族政治以及性别之争背后的种族因素，如王守仁、吴新云的著作《性别·种族·文化：托妮·莫里森的小说创作》(2004)通过详细解读莫里森的八部长篇小说，对她的文学创作思想和艺术特色进行全方位考察并深入探查莫里森作品所反映的性别、种族和文化这三者间的复杂关系；嵇敏的《美国黑人女权主义视域下的女性书写》(2011)则聚焦黑人女作家与女性书写，提出了黑人女权主义批评与黑人女性书写的一体化建构的观点;胡笑瑛的《非裔美国黑人女性文学传统研究》(2017)通过研究五位非裔美国黑人女性作家左拉·尼尔·赫斯顿(Zora Neale Hurston)、玛雅·安吉洛(Maya Angelou)、艾丽斯·沃克(Alice Walker)、托尼·莫里森和格洛丽亚·内勒(Gloria Naylor)来追溯非裔美国黑人女性文学传统,分析了非裔美国黑人女性文学的基本创作模式。

再次,学界对非裔小说史的梳理也频有佳作问世。王家湘的《黑色火焰:20 世纪美国黑人小说史》(2006)是国内第一部系统评介美国黑人小说发展史的著作,填补了黑人小说研究的空白并为后续的研究提供了详细指南。此外,庞好农的《非裔美国文学史:1619—2010》(2013)结合各时期美国历史概况和非裔美国文学发展概况,对非裔诗歌、小说、戏剧和散文进行了梳理,涵盖面广,涉及作家全面。谭惠娟、罗良功等编著的《美国非裔作家论》(2016)则侧重介绍有较大影响力的非裔小说家和诗人,并对他们的创作主题、风格及国外学界评价进行了梳理。骆洪的《美国非裔文学研究》(2019)梳理了美国非裔文学的整个发展历程,对优秀的小说、诗歌和戏剧作品以及具有代表性的文学评论进行了评析。唐红梅的《自我赋权之路:20 世纪美国黑人女作家小说创作研究》(2012)则顺着历史发展的时间线,集中梳理了 20 世纪美国非裔女性小说家的创作历程。

总体来看,我国对美国非裔小说的研究已经取得了比较长足的进步,但不可否认的是,目前的研究仍然存在一些问题。一方面,研究内容的广度还不够,如选题存在重复性,研究局限于典型作家的典型作品较多,并较多集中于托尼·莫里森、艾丽斯·沃克、左拉·赫斯顿和理查德·赖特(Richard Right)这几位作家身上,对非裔小说作出重要贡献的其他作家、作品以及 21 世纪出现的文坛新秀很难得到应有的重视。另一方面,在研究视角方面,与美国的非裔文学研究者相比,国内学者在黑人民族主义、历史与记忆、创伤研究、性政治、跨大西洋研究以及跨国界研究等方面存在着明显的不足,即使有研究也只是简单涉及；同时，非裔小说对美国种族主义的抗争、对白人（欧洲）中心主义的反思，特别是对发展黑人自己的文学与文化传统的重视，依然没有得到很好的阐释。因此，国内的美国非裔小说研究还有很大的研究和发展空间等待挖掘。

第二节　托妮·莫里森：非裔经典小说作家

2019 年 8 月 5 日，美国当代著名黑人女作家、文学评论家、诺贝尔文学奖获得者托妮·莫里森在纽约布朗克斯逝世，享年 88 岁。莫里森的创作生涯开始于 20 世纪 60 年代，一生共出版小说 11 部，同时还创作了儿童文学作品、短篇小说集和剧本等。莫里森的作品主要以书写黑人社区中的黑人经历，尤其是黑人女性经历而闻名。1970年，还在兰登书屋担任编辑的她出版了自己的第一部小说《最蓝的眼睛》(The Bluest Eye)。1977 年，她的第三部小说《所罗门之歌》(Song of Solomon)广受好评，使她获得全国性的关注，并于同年获得了全国图书评论界奖。1988 年，莫里森凭借《宠儿》(Beloved)获得普利策奖。1993 年，莫里森获得诺贝尔文学奖，成为美国文学史上第一位也是迄今为止唯一一位获此殊荣的黑人女作家。诺贝尔文学奖评委会认为莫里森的小说"以幻想的力量和诗意的意蕴为特征，鲜活地书写了美国现实中的一个重要方面"。

莫里森原名克洛伊·阿德里亚·沃夫德(Chloe Ardelia Wofford)，1931 年出生于俄亥俄州一个普通的劳动阶层家庭。她出生时正是美国经济大萧条最为严重的时期，美国黑人处境艰难，种族矛盾日趋恶化，因此，莫里森成长过程中对美国的黑白种族问题有着自己切身的体认。同时，从家人那里听闻的家族故事和黑人民间传说，都为她日后的小说创作提供了丰富的现实素材和历史、文化基础。高中毕业后，莫里森进入华盛顿特区专门为黑人创办的霍华德大学学习，后进入康奈尔大学攻读硕士学位。1965 年起，莫里森开始担任兰登书屋的编辑，期间她致力于为非裔作家争取出版机会，帮助了众多黑人作家，如托妮·克得·班巴拉(Toni Cade Bambara)、安吉拉·戴维斯(Angela

Y. Davis)、盖尔·琼斯(Gayl Jones)等。1983年,莫里森辞去兰登的工作,开始专职写作。1988年起,她任职于普林斯顿大学文学系,直至2006年成为荣誉退休教授。

在莫里森的整个创作生涯中,她始终将书写黑人经历、打破官方宏大叙事对黑人受压迫、受屈辱历史的刻意缄默,体现了一位黑人作家的历史责任感及其对美国种族社会现实的深刻关切与思考。对于美国黑人文学来说,莫里森的地位显著,是黑人女性文学当之无愧的领军人物,更是黑人文学经典化进程中的杰出代表。莫里森的作品诗性的语言具有强大张力,叙述结构清晰洗练,具备明确的主题,小说内容既强调美国黑人的历史,又关注当下的社会现实,从而具有巨大的阐释空间。

莫里森的第一部作品《最蓝的眼睛》取材自她在霍华德大学任教期间,从一个文学创作讨论小组那里听到的故事。小说通过黑人女孩佩科拉·布里德洛夫渴求一双蓝眼睛以改变自己悲惨处境的故事,揭示了白人的价值认同和文化霸权对黑人心理和精神的侵蚀和破坏。佩科拉一家生活贫苦,父亲乔利嗜酒成性,母亲对她也极为冷漠。因长相丑陋,佩科拉在学校中也是被嘲弄和霸凌的对象。受白人主流价值观和审美的影响,佩科拉以为"白即是美",幻想自己如果能够拥有白皮肤、蓝眼睛,就会摆脱自己不幸的命运,最终因不堪重负而精神失常。王家湘曾评论:"这是一部反映种族间仇恨的小说,也是一部反映黑人社会内部男女间矛盾与冲突的小说,更是一部反映白人文化,从传统、文化及政治上对黑人传统的价值观念进行肢解的小说。"[3]77 小说直击美国社会中黑人自我身份定位的核心问题,投射出作家借由作品表达政治诉求的写作目的。《秀拉》(Sula)出版于1973年,以一战结束至20世纪60年代为时代背景,讲述了黑人女性秀拉勇于反抗、挑战权威并积极改变自身处境的故事。莫里森通过这样一位强悍的黑人女性形象,表现了民权运动和女权运动等社会变革的影响下黑人自我意识的觉醒。不仅如此,《秀拉》从更广阔的视角,揭示了坚守黑人传统的两面性。"莫里森在强调这一文化传统的丰富性的同时,也看到了它的贫乏的一面"[3]79,批判了黑人社区文化传统对黑人尤其是黑人女性自我意识觉醒的否定与压抑。《所罗门之歌》将黑人文化中的民间传说和音乐等因素融入小说情节的展开,借"飞人"的故事探讨美国黑人的"寻根"主题。小说中,奶娃南下寻宝的过程也是他自我发现、寻找文化身份认同的过程。对于黑人而言,"他们不能以旁观者的身份对待记忆与传统,应将其溶入他们的血液里,视其为生命的一部分"[4]98。1981年出版的《柏油娃娃》(*Tar Baby*)延续了《所罗门之歌》中的黑人民间传说的主题,借"柏油娃娃"的故事探讨了黑白两种文化之间的冲突,以及黑人在面对文化归属感的问题时所经历的矛盾与困惑。小说中,被白人文化同化的浅肤色的雅丹丢失了自己的文化之根,而肤色黝黑的森固守黑人的传统文化,两人虽坠入爱河,但黑白两种文化的差异必然导致二人的最终分手。1987年,莫里森出版了她最负盛名的小说《宠儿》。小说以新奴隶叙事的手法,通过黑人母亲弑婴的主题揭露并控诉了奴隶制给黑人造成的肉体与精神创伤。主人公塞斯在逃离被叫作"甜蜜之家"的奴隶庄园后,度过了一段自由、平静的生活,所以当奴隶主追赶而至时,她为了不让自己的孩子像她一样承受奴隶制的非人折磨,亲手割断了两岁女儿的喉咙。女婴的鬼魂始终不肯离去,侵扰着塞斯一家人的生活,直至社区妇女们以唱灵歌的方式将其驱逐。小说所描写的幽灵是黑人被奴役的历史和苦难的化身,表达了作家对奴隶制残暴和罪恶的控诉。《爵士乐》(*Jazz*)发表于1992年,以奴隶制终结后的重建时期为时代背景,描述了美国黑人自南向北的迁移大潮,以及黑人在此过程中面对的精神痛苦与失落。小说的写作手法和叙事风格与爵士乐的即兴演奏形式极为相似,通篇没有明确的章节划分,情节上也不具备明显的连贯性,是莫里森小说创作手法上极具后现代风格的一次尝试。1997年,延续了《爵士乐》有关重建时期历史书写主题的《天堂》(*Paradise*)发表。小说以发生在修道院的暴力事件开始,在追溯事件缘由的过程中,书写了黑人社区由"黑文镇"到"鲁比镇"的历史变迁,以及在变迁中黑人传统价值观遭遇的挑战与危机。黑人共同体中的保守主义以及保持黑人血统纯正的极端思想所导致的排外行为,与白人种族主义与种族隔离制度并无二致。莫里森对黑人社区内部的矛盾所导致的社区衰败的问题做出了深刻的批判。

进入21世纪以来,莫里森依然笔耕不辍,共出版了四部小说作品,分别是《爱》(*Love*, 2003)、《恩惠》(*Mercy*, 2008)、《家》(*Home*, 2012)和《上帝救助孩子》(*God Help the Child*, 2015)。她的最后一部小说作品问世时,莫里森已是84岁高龄,但是依然保持了较高的创作水准和对美国种族问题的敏感与深刻认知。她对美国的种族问题更加客观、真实,即便在奥巴马当选美国总统,成为美国历史上第一位黑人总统,人们欢呼美国进入"后民权"时代,莫里森依然能够保持一位族裔作家对美国社会真实景况的清醒认识,并继续对美国社会依然存在的欧洲中心主义、白人中心主义和被所谓政治正确掩盖的、隐蔽的种族歧视,加以犀利的批判。

《爱》以20世纪40年代至60年代的美国东海岸度假地为背景,围绕柯西家族中几位女性人物的爱恨纠缠展开,以姐妹情谊和两性关系等主题与情节,延续了莫里森小说对黑人内部矛盾的关注。小说中的两位主要女性人物留心和克里斯汀本是关系亲密的童年玩伴。留心因家庭经济状况窘迫,在11岁时嫁给了克里斯汀腰缠万贯的爷爷柯西——东海岸最知名的黑人度假胜地的主人。困惑反叛的克里斯汀离家出走参加民权运动,其后失望而归,又因无法继承家产与留心反目,相互怨恨。小说探讨了黑人女性姐妹情谊在与父权制度抗争和较量时遭遇的瓦解和冲击,同时,莫里森在这部作品里"更加注重性别与经济而非种族因素对黑人女性人物的影响"[5]62,小说中的众多女性终其一生都在与女性和阶级身份给其造成的困境进行抗争,但现实是她们始终无法摆脱父权社会和阶级固化套在她们身上的沉重枷锁。然而,需要指出的是,《爱》中的对立和矛盾只是莫里森文学表达的表层形式,作家的意图更多是要通过戏剧性的冲突,达到一种更为深刻的情感诉求,并在超越性的意识层面,寻找治愈种族和性别歧视痼疾的一剂良药。

在《恩惠》中,莫里森将视野投向了 17 世纪殖民初期的北美大陆生活,小说以"卖女为奴"的故事为主线,用较多的篇幅讲述了被母亲"抛弃"的女黑奴弗罗伦斯的离散经历,批判了美国蓄奴制的残忍与黑暗。弗罗伦斯长久以来承受着被母亲抛弃的心理创伤,直到小说最后母亲临死前才披露了当年选择让弗罗伦斯代替自己为主人抵债的原因:作为奴隶主泄欲的工具,她不希望自己的女儿和自己一样遭遇同样的痛苦,所以当她在前来要债的白人商人雅各布的眼中看到了仁慈时,决定冒险将女儿的命运托付给一个完全陌生的人。小说描述了一副完全不同于官方历史叙事中的早期美国社会生活图景,在对奴隶制成因甚至美国国家起源的挖掘过程中,莫里森指出奴隶制的形成是一个被建构和制度化的过程。同时,小说塑造了由白人、黑人和印第安人等不同种族女性构成的群体形象以及她们各自遭遇的性别、种族和阶级压迫。虽然这些女性的种族身份各不相同,但都有着苦痛的生活经历,她们身上体现的是不同种族在北美大陆早期生活中遭受的心理创伤:"由于对白人男性的依赖,白人女性的创伤多呈现为心理创伤;印第安人作为美洲的原住民,族群文化几乎遭到完全的破坏和断裂,其创伤特点更多地表现为文化创伤;非洲黑人被贩卖到北美沦为奴隶,民族尊严遭到彻底的践踏,表现为一种种族创伤。"[6]62

《家》以 20 世纪 50 年代为背景,围绕朝鲜退伍老兵弗兰克和妹妹茜在所谓"黄金年代"的社会经济繁荣掩盖下,双双遭遇的种族暴力和生命政治宰制展开,并通过兄妹二人的归家之旅延伸了当代黑人文学的"归家"主题。小说的叙述主体是莫里森较少用到的黑人男性人物,讲述了他被困精神病院,之后逃出赶赴亚特兰大解救因参加子宫内窥镜实验而濒临死亡的妹妹茜的经历。兄妹二人回到老家,茜在社区黑人妇女的帮助下治愈了身体和心灵创伤,弗兰克也在自我审视的过程中,决定放下种族主义和战争经历给他带来的精神重负,开启新的生活。小说虽然篇幅不长,但其涉及美国在20世纪50年代经济、政治和社会生活的诸多层面,具有较为强烈的年代感。小说关照到种族隔离、医学实验对黑人身体的利用和剥削、消费社会对黑人精神的磨蚀以及"冷战"和麦卡锡主义对美国社会生活的影响等,是莫里森在更为深层的权力关系层面对美国种族问题的深刻反思。除此,《家》依然延续了莫里森小说的诸多相似的主题。其中,通过白人医生在茜身上施行人体实验,莫里森探讨了奴隶制在20世纪对美国社会依然挥之不去的影响;小说对弗兰克"创伤应激反应"及其自我疗愈的描写,强调了"对于非裔美国人而言,无论是关于'家'的记忆,还是个体成长的记忆,都充满了创伤"[7]63。

《上帝救助孩子》是莫里森的最后一部小说作品,也是莫里森抛却自己熟稔的历史题材,转向她从未触及的美国当代社会的一部现实主义作品。有评论者认为,莫里森对当代主题的关注是受到了"后奥巴马时代"所特有的"悲观主义"的影响[8]。她之所以选择并不好驾驭的当代题材,是因为她"关注的是美国当下的社会机制和黑人命运的关系问题,是对此种关系的焦虑的外化"[9]112。小说在对当代黑人社区生活的描写中,塑造了多位"愤怒的孩子"的形象,有被母亲的冷漠深深刺伤的卢拉、有年仅六岁就被母亲强迫卖淫的蕾恩、被舅舅性侵的布鲁克琳,还有被恋童癖杀死的亚当等。这与莫里森在当代生活中所观察到的黑人儿童的现实境况有很大的关系。早在1995年的一次访谈中,她对黑人孩子的处境就表达了自己的担忧:"我实在是觉得今天儿童的处境十分危险,没人喜欢他们,所有的孩子都是这样,但尤其是黑人孩子……在所有地方,孩子总是受气包,当然还有别的人受气,但顶数孩子最倒霉。"这些儿童"替罪羊"的形象,其实也是莫里森第一部作品《最蓝的眼睛》中佩科拉形象的一个延续,在一定意义上,可以说是莫里森整个创作生涯首尾相应的一个例证。

《上帝救助孩子》虽然依然以种族问题为故事背景,涉及包括母女关系、创伤、救赎、种族内部矛盾等莫里森作品中较为常见的话题。但是,不同于她以往作品的是,莫里森此次将焦点对准的是深肤色的女儿卢拉与浅肤色的母亲这种母女关系所投射出的当代美国社会微妙的肤色政治问题,及其黑人社区内部的冷漠、疏离与伤害。莫里森试图通过这部小说,寻找造成黑人社区各自分裂和伦理沦丧的悲剧根源,指出当代社会黑人的冷漠、懦弱、麻木所造成的罪恶泛滥。

莫里森的文学创作具有鲜明的个人风格,在继承传统的基础上力图开拓新的领域,为长期缄默的黑人群体发声。在语言上,莫里森吸取了黑人的语言特色,其文字看起来机智、简单、幽默,富有韵律和美感,同时于无形中蕴含着深层意味,值得细细推敲,体现出莫里森高超的语言技巧。生于 20 世纪 30 年代的传统黑人家庭,成长于黑人社区,莫里森从小便熟练掌握了黑人语言的特点,并将之应用在自己的文学创作中。但莫里森并不是一味地继承黑人口头语言的传统,而是在此基础上加以创新和发展,最终形成自己的语言特色。莫里森常运用语音、语义等的偏离来展现黑人语言特色,也曾创新性地在《最蓝的眼睛》的开篇取消字句之间的间隔,使得语言充满表现性,展示出作者独特的创作风格。保护一个民族的语言即保护一个民族的文化,莫里森一直对继承和发展黑人语言有一种使命感,并通过文学创作实现她的愿望。正如在访谈里所言,莫里森认为“世界上最糟糕的事情莫过于丢失了自己的语言。如果不返回到自己的语言,很多东西我都不知如何来表达”[10]。在创作中,莫里森擅用对话与内心独白来展示人物的状态、情感变化与内心世界。她曾在《宠儿》中用长达五页的内心独白来展现赛丝对女儿的爱和心中的痛苦挣扎,同时展现的宠儿及丹夫的内心独白更加深了倾诉之感。通过将三股内心独白交融汇聚,黑人丰富且令人动容的情感世界就展现在读者眼前。莫里森的创作手法经常带有魔幻现实主义的色彩,其代表则是对黑人民间传说故事的应用和改编。在几乎每部莫里森的作品中,读者都不难找到民间传说的影子,也正是这些传说故事为小说增添了浓重的黑人文化色彩。从小从祖母、父亲口中听说神秘故事,莫里森对流传在黑人社区中的这一口头文化进行了引用和改编,使其融入自己的小说内容。"口头传说的丰富性也决定了她小说文体的多变性"[11]68,既服务了文学创作,也使黑人民间传说有了新的意义和生命力。正如托马斯在采访莫里森时发现的那样,"她喜欢运用传说并赋予它新的含义,因为它们是传说,那么它们所表达的意义一定很重要"[10]。另外,多角度叙述是莫里森的一大写作特点。通过不同人物、从不同角度对同一件事进行讲述和评论,莫里森笔下的故事和人物有了更丰富的层次和含义。"叙述视角在不同人物中自由变化,这些变化的第三人称限制性视角的叙述,共同揭示了整个文本中全知叙述声音的存在。"[12]38正是通过莫里森的全知视角,多角度叙事将不同的声音展现了出来,将不同的层次组织了起来,将多样的可能性也揭示了出来。正是由于多角度叙事同时展现了多个维度,人物的不同性格和价值观、事物的不同角度就有了碰撞和交互的空间。通过将多视角聚焦到黑人群体尤其是黑人女性身上,莫里森"进一步挖掘(了)黑人文化的自我追寻及复兴"[13]149。同时,莫里森的叙述打破了传统的西方主流叙述和黑人奴隶叙述的模式,通过象征、模糊等叙述手法,讲述了真实的黑人故事,展现了真实的美国黑人文化。莫里森将自己的小说比作绘画和音乐,在这一类比中,她强调的不是叙述的线性特点,而是类似于绘画和音乐等艺术的整体性与直觉把握。在创作时,她寻求的是一种可以沉迷其中的整体感受,如同一块已经浮现在脑海中的玻璃;而在呈现时,莫里森则借用意象和模糊手法将其打碎成片——她将其描述为"将灾难性事件的场面画到一块黑色玻璃上,把这玻璃打碎,然后以互不关联、令人迷惑的现代形式将其重新组合"[14]39。尽管同时运用了一些传统叙述手法,莫里森创新的叙述方式显然更为突出,使得"原型模式被滑稽模仿颠覆,古典所指被混乱的多重视角消解,西方文学传统的地貌被涂改得面目全非"[11]68。莫里森承接传统、开拓创新的写作风格展现了她独树一帜的艺术特色,增添了作品的艺术和审美价值,也成了主题传达的绝佳载体。

莫里森的创作主题核心是黑人性及黑人身份的追寻。围绕这个核心的主题,自由、权利、身份、成长、爱、死亡等话题逐渐展开,构成一幅黑人文化图景。在小说创作过程中,莫里森书写了黑人的历史与现状,涉及多个方面,共同构成了"美国黑人自蓄奴制废除以来至今100多年发展演化的历史画面,从中可以看出他们的痛苦挣扎、意识觉醒以及依然面临的困难"[11]69。如在《宠儿》中,母爱与亲情的主题触动着读者心底的最深处,成为全人类的共同情感话题;同时,小说中黑人为争取自由作出的努力体现了黑人自由意识的觉醒主题,激发的不仅是叹息,更是希望;《最蓝的眼睛》《秀拉》等聚焦于黑人女性经历的著作体现了寻找身份认同的成长主题;相伴于人物的成长、逃离与创伤也成为莫里森小说的重要话题。莫里森的创作正是在一个广袤的空间下的多角度探索,涵盖多个重要主题,通过莫里森极富创造力的笔触描绘出一幅多维度的画卷。历史中的屈辱与挣扎构成这幅图画的底色,美国黑人现代生活的挑战与浮沉又为其不断涂抹着新的笔画。一方面,黑人竭力保护着传统的文化,致力于继承黑人之根;另一方面,他们又找寻着融入主流社会之法,期待着由边缘走向中心。深知美国黑人群体的两难状况,莫里森意识到要想获得完整的种族身份和种族地位,黑人必须寻求一种源于自身族群历史,同时与现代美国生活融合的黑人文化。创作小说是莫里森的发声方式,她以文学创作为途径,帮助重建这样一种源于历史又融于现代的黑人文化,通过探讨身份、种族等议题,试图修复断裂的黑人身份、构建完整的种族形象。

综观莫里森一生的创作,她一以贯之的中心主题始终是美国黑人在一个缺乏公正与正义的种族社会中的个人和集体经历,美国种族社会中的矛盾和冲突往往通过黑人主人公的视角得以呈现。她笔下的人物总是被放置在极端的生存环境和现实中,在不断寻找自我和身份认同的过程中,在对抗美国社会种族歧视和刻板印象的努力中挣扎沉浮。莫里森的小说强调黑人社区所具有的对其成员提供避难港湾和心灵庇护的强大力量,但她并不回避美国黑人社区内部存在的诸多问题。在莫里森对种族社会外部环境书写的同时,她更为关照黑人社区内部,不惜直击许多黑人自身不愿正视和刻意忽略的、诸如性别、阶级等问题。莫里森丰富的想象力、诗性的语言和她对黑人民间传说的大量使用,使得她的作品具有强大的、直击人心的穿透力。

第三节　困境与抵抗：莫里森《家》中的生命政治表征

托尼·莫里森于 2012 年出版了她的第十部小说作品《家》(*Home*)。小说以黑人视角呈现 20 世纪 50 年代的美国社会，书写经济繁荣和社会稳定掩盖下的种种黑暗现实。莫里森坦言《家》的创作意图是要"将五十年代的疮痂揭下，尽管人们普遍认为那是一个舒适、快乐和怀旧的年代"[15]。历史上，美国经济在二战后复苏，并进入"发展更为平衡、分布更广阔的繁荣状态"[16]。但所谓"黄金时代"实际上也是暴力四伏的时代。根深蒂固的社会弊病使得黑人遭遇更多严峻生存困境："大量医学隔离，优生学医生对黑人女性的研究特许，以及在黑人男性身上做的梅毒试验"存在于 20 世纪 50 年代[17]；种族主义引发多起针对黑人的暴力事件，其中爱默特·提尔(Emmett Till)① 在 1955 年的被杀，更是将黑白种族间的矛盾推向极致。《家》以此年代为背景，讲述了朝鲜战争老兵弗兰克因醉酒被关进疯人院，逃出后从西雅图一路向南赶往佐治亚，解救因参加子宫内窥镜实验而濒临死亡的妹妹茜，最后以兄妹二人回归黑人社区老家结束。小说借由兄妹二人的个体遭遇，通过将社会矛盾的潜在危机个人化，试图以个人叙事打破公共叙事对 20 世纪 50 年代黑人生存状态和现实处境的缄默。

《家》通过弗兰克和茜的经历和认知，以第三人称主要人物和次要人物有限视角，一步步展开对 20 世纪 50 年代黑人生活各个面向的描写："二战"之后，美国现代医学飞速发展，底层黑人沦为"人类豚鼠"(human guinea pig)，其生命被直接征用；种族隔离和冷战背景下，

---

① 1955 年 8 月，14 岁黑人少年爱默特·提尔在密西西比探亲时，被指骚扰当地一名白人妇女，后被该妇女的丈夫伙同他人以极其残忍的私刑虐待致死，几位凶手却未被起诉。案件在媒体的曝光下震惊美国，为当时正在兴起的黑人民权运动提供了催化剂。

作为"他者"的黑人,其社会属性被剥夺,进而被排除和遗弃在社会民主生活之外;黑人个体和群体以其独有的方式消解暴力并治愈身心遭受的创伤。小说关注医学实验、种族社会中的暴力、歧视和制度性隔离等主题,其丰富的文本叙事中充满生命政治的表征与隐喻。本书引入福柯和阿甘本等人有关生命政治逻辑架构和治理手段的理论思考,针对小说中黑人生存困境的各个面向,解读造成 20 世纪 50 年代黑人境遇的种种社会因素,以及作家对黑人何以在困境中寻求出路的探究与思索,从而对这部作品的生命政治表征做一个全面、深入的梳理和阐释。

在《家》中,莫里森将美国现代医学对黑人生命的征用置于读者的阅读视野,这是她在对 20 世纪 50 年代回视的过程中,捕捉到的一个重要历史细节。彼时,美苏两大阵营的对峙尚未完全形成,但美国政府已着力在军事和科研领域与苏联展开抗衡。医学、卫生学研究面临巨大压力,因其需要应对随时可能发生的战争,并为经济发展保证充足和强健的人口。研究中"用到了前所未有的大量疫苗和医学制品,大量研究场所被占用,临床试验使用了不计其数的实验对象"[18]58,"人类豚鼠"的需求因而急剧增加,远远超过收容所、监狱、疯人院、军队和学校所能提供的数量。为解决这一实际问题,部分医学研究机构和个人,以强制或欺骗等手段,将不知情的底层黑人纳入受试范围。这些黑人以健康甚或生命为代价,沦为美国医学飞速发展的牺牲品。

小说中,弗兰克兄妹正是在这样的背景下落入现代医学罗织的圈套。故事开篇,身处西雅图的弗兰克从昏睡中醒来,模糊记得自己因醉酒被警察送到疯人院。医生不时给捆绑在病床上的他"补一针镇静剂",让他在吗啡的作用下沉睡[19]5。弗兰克逃离后得知,那所疯人院"卖了不少尸体"给医学院做实验[19]10,他能脱身实属幸运。妹妹茜则在亚特兰大受雇于一位经营诊所并从事医学实验的白人医生。她被医生蒙蔽,成为妇科内窥镜的实验对象。多次破坏性实验严重损害了她的子宫,使她丧失生育能力。莫里森以社会历史语境下的现实为依据,借兄妹二人的虚构故事,将官方叙事刻意遮蔽的历史重新挖掘,力图对 20 世纪 50 年代做出新的审视和判断。

《家》描写的"医学实验"主题,其表象下投射出的是生命政治本质性的逻辑架构。生命政治以保护和扶植生命为名,借由医学对个体生命的征用,达到驯服疾病这一影响人口总体数量和质量的偶然性因素。而美国白人至上论的存在使得这一架构同时带有强烈的种族主义色彩。生命政治作为"一种新的权力技术"[20],通过医学研究对黑人物性存在加以利用,以达到捍卫和提高白人物性存在的目的。"征用"与"扶植"生命的权力,在种族主义助力下,"毫无抵牾地联合在一起","共同构成生命权力的两个面向"[21]98。美国历史上,白人"至少在 18 世纪就开始了在黑人身上做大量危险、非自愿和非治疗性的医学实验"[22]7,并多是白人医生在其奴隶身上施行。奴隶制终结后,黑人仍然处在可能被医学研究利用的境地。"塔斯基吉梅毒试验"(Tuskegee syphilis experiment)便是一个现实例证。1932 年,美国公共卫生部(PHS)招募 400 名黑人男性梅毒患者,自此开展长达 40 年的实验。为研究梅毒对人体的危害,研究人员谎称为志愿者提供免费治疗,但并未采取任何治疗手段。大批志愿者及其配偶、子女因此付出健康和生命的惨重代价,这一事件暴露了美国医学高速发展背后藏匿的罪恶,以及黑人沦为"人类豚鼠"时所受的欺骗和伤害。莫里森在谈及《家》的创作意图时曾明确提到,"塔斯基吉梅毒试验"这类"在无助的人身上施行的试验"是她创作《家》的"起点",同时也对"故事发展"有着"直接影响"[23]139。

《家》所涉人体实验对黑人物性生命的持续征用,贯穿了莫里森在其小说创作中坚持的主旨,即探讨奴隶制在 20 世纪的美国挥之不去的影响。奴隶制时期,白人医生对黑人奴隶的私人占有使其在医学研究中可随意征用黑人身体,而在奴隶制已然终结的时代,类似的占有关系仍在延续,并为生命权力对黑人物性生命的征用提供了条件。

小说中,雇佣茜的白人医生是位"坚定的南方联邦支持者"[19]61,其政治立场表明他是奴隶制和种族主义的忠实拥护者。他对茜行使的是与奴隶主极为相似的"家长式"权力。茜虽以雇员身份住在医生家中,但那个距离医生办公室不远,属于她的"狭小,没有窗户"的地下房间限制了她的人身自由[19]61,让她时刻处在医生"主人"般的权力凝视下。年轻、健康、已婚但未曾生育的茜是妇科内窥镜的理想实验对象,对医生具有相当的利用价值。她居无定所、没有一技之长,因此对收留她的白人雇主极为感激和顺从。以上这些因素使其在进入医学研究掩盖下的"奴隶"机制后,很快便丧失了主体自由和逃脱的可能,成为白人医生任意奴役和剥削的对象。

同时,白人医生在遗传学和优生学等知识和权力话语助力下,将其对黑人物性生命的征用"合理化",而以茜为代表的被征用者对此类权力话语机制缺乏认识,即便落入圈套亦不自知。当茜第一次进入医生办公室,读者跟随她的视线看到了三本与遗传学、优生学、种族主义相关的书籍:《夜幕下的幽灵》(*Out of the Night*)、《伟大种族的消失》(*The Passing of the Great Race*)以及《遗传、种族与社会》(*Heredity, Race and Society*)①。叙述者对这三本书的内容只字未提,而是任由茜对书的内容做出种种错误猜测。这种刻意的"沉默"反而带有强大的言说力量和深刻意味,暗指美国社会不同种族和阶层在知识和话语权力上的严重不对等。这种不对等恰恰也是造成黑人"人类豚鼠"命运的背后推手之一。美国优生学向来带有强烈的种族主义话语特征,其将黑人视为"劣质"种族,认为"那些皮肤'黝黑'、丑陋,鼻子宽大

①《夜幕下的幽灵》是遗传学家赫尔曼·缪勒(Hermann Muller)出版于1936年的优生学著作。小说中,茜误以为这是一本悬疑小说。《伟大种族的消失》出版于1916年,其作者是优生学家麦迪逊·葛兰特(Madison Grant)。该书被认为是20世纪科学种族主义的代表性作品之一。《遗传、种族与社会》是基因学家 L. C. 邓恩(L. C. Dunn)与杜布赞斯基(Dobzhansky)出版于1946年的著作。该书首次将种族定义为"某些基因或基因频率不同的种群"。

扁平,头发黑色卷曲,上下颚突出的人,不符合优生的标准" [22]191。茜所受教育程度有限,不具备对遗传学和优生学话语架构的基本了解,对这类话语运作过程中黑人生命遭到的贬低和压制毫无认识。因而,对于即将面临的生死险境,茜无从察觉。

生命政治所谓面向全体人口的健康治理和医疗资源分配,实际上因为种族主义的存在还带有极大的不对称性。莫里森借弗兰克兄妹讨论的是黑人遭受人体试验这一个体性问题,但她也关注到黑人群体遭遇医学隔离这一广泛的社会问题。在小说中的洛特斯村(Lotus),聚居在此的黑人与外界隔绝,很难获得基本医疗保障。梅琳的一只眼睛被木头碎片刺穿后无法得到治疗,因为村里"没有医生,或者没人去找医生" [19]127。富裕的丽诺尔在中风送医后,也只能"在医院的走廊上,经过一段漫长而危险的等待"才被救治 [19]92。类似情节在莫里森 1999 年的小说《天堂》(Paradise)中也曾出现。1950 年,十五户黑人向西迁移。途中,鲁比身患重病被送往医院。但"没有病房肯接受有色人","没有正规医生肯接待他们",鲁比死在候诊室的板凳上,而当时护士正在"设法联系一名兽医" [24]。种族主义语境下,黑人的生命价值被贬抑为和动物对等的生物体。这种状况的成因,可以通过回归生命政治视域下的一个根本性问题得到解释:生命权力在人口中划分出"值得活"与"不值得活"的网格,白人显然处在更"值得活"的网格中,黑人则结构性地落入"不值得活"的网格。

《家》一如莫里森的其他作品,通过聚焦某一特殊历史时期,书写处于社会边缘或之外的黑人个体和群体难以逃脱的生存困境。小说诸多细节直指黑人在 20 世纪 50 年代遭遇的种族暴力与吉姆·克劳法(Jim Crow Laws)治理下的种族隔离现实,或暗指主流社会因反共浪潮产生的焦虑,将对"他者"的莫名恐惧转投在黑人等有色人种身上。这样的设置十分符合莫里森对自己作品政治功能的定位,正如她在《根源:祖先的基础》("Rootedness: The Ancestor as Foundation")一文中所说:"我没有兴趣沉迷于运用私人、封闭的想象力,来仅仅实现个人的梦想。也就是说,我的作品必须是政治性的。"[25]《家》对社会现实的关注,对种族暴力、偏见和制度性隔离等手段合力下,黑人社会属性被强制剥夺的深度呈现,彰显了其对 20 世纪 50 年代种族社会生活本质的揭露。

与医学对黑人生命的直接征用不同,小说呈现的生命政治在社会层面的操作,更为复杂隐秘,并具有更普遍深入的破坏性。通过否定黑人作为美国"民主社会"成员的身份,剥夺黑人建立与白人同样的社会认同和平等参与社会生活的权力,生命政治得以将黑人"一般意义上的生命"(zoē)与"有质量的生活方式"(bios)分裂与脱离,使其随时可被降为阿甘本所定义的"任何人可杀死他而不受制裁"的"赤裸生命"(bare life)[26]117①。《家》超越人体实验的单一话题,在社会生活层面对生命政治治理加以呈现,并进入造成黑人生存困境问题本源的探讨,其生命政治的文学表征从而具备了宏观的历史视野和深刻的社会内涵。

种族暴力是白人否认黑人在社会共同体内合法地位、制造"赤裸生命"的直接手段。黑人在"民主社会"本应受保护的权力被种族暴力剥夺,施加暴力的白人权力主体却不会受到法律制裁。小说中,一位老人因拒绝搬离自己的家,"被人用钢管和枪托打死"[19]8。他的双目被挖掉,尸体被捆绑在木兰树上。丽诺尔的第一任丈夫被"某个觊觎或是嫉妒他的加油站"的白人枪杀[19]86。这两起针对黑人的极端暴力事件,皆因黑人"损害"白人利益而起,而施暴方凭借白人特权身份全部逃脱了罪责。种族主义格局下,美国社会内部无形中生成一个"法律管辖之外的权威区域"[27]。在这个区域内,种族主义话语逻辑默许甚至鼓励白人对黑人财产甚至生命的剥夺,并对白人暴力行为加以庇护。黑人就这样被弃置在生与死的界槛上,丧失了对自己生命

---

① 阿甘本在其生命政治的经典著作《神圣人:至高权力与赤裸生命》中区分了"zoē"和"bios"这两个概念:"zoē"指生物学意义上,人与动物所共有的自然生命;"bios"指人所独有的政治层面上个体和群体适当的、有质量的生存形式。

权的把握。

另一方面，根深蒂固的种族偏见又使白人对黑人男性"暴力"有着无端臆想，并借助其掌握的各类生命权力"装置"对黑人监视、拘囿和规训。弗兰克"年轻、健壮且相当高大"[19]20，极易被臆想为对白人的潜在威胁。醉酒的他被视作"不安定因素"，被白人警察关进疯人院。福柯在《安全、领土与人口》（*Security, Territory, Population*）中曾提到警察承担的生命政治治理职能，并指出警察是与"提出法律的立法活动和惩罚罪犯的司法活动"相"毗邻的技艺"[28]。生命政治以"治安"为借口，在正常秩序外，授予了白人警察对黑人施行暴力的特权。《家》中，白人警察的暴力行为多次出现。无论是将弗兰克强行关进疯人院的警察，在大街上无故对黑人男性搜身、劫掠的警察，还是用枪把黑人小男孩右臂打残的警察，都是作为"主权者"，行使着生命权力在社会整体运行层面，所谓保护人口总体"安全"的职责。

由此，长期处在暴力压制下的黑人将"非人权主体"身份内化为自我认同的一部分，并遵照种族社会既有秩序和限制进行思考和行动，自觉成为生命权力塑造的"资本主义所需要的各种'驯顺的身体'"[26]6。这种潜在性的影响在弗兰克身上有着充分体现。南下途中，他时刻小心自己在公共空间的行为，躲避潜藏各处的风险。当他看到警车，便赶忙"蹲下假装扣胶鞋的搭扣"[19]17。灰狗巴士上虽"没什么人"，但他"还是谨慎地在最后一排坐下，尽量蜷缩起六尺三寸的身躯，抱紧装三明治的袋子"[19]17。种族隔离标志随处可见，他清楚知道哪些休息室、等候区和旅馆是黑人不能进入的禁绝之地。在种族主义意识形态的压制下，弗兰克主动"作为一个驯顺的身体"，被生命权力"治理、监察、规训、控制"[29]61，因为他对自己被割裂的主体身份有深刻感知，也清楚退伍军人身份无法改变自己黑肤色的生物属性，他不可能获得与白人等同的社会属性以及相应的尊重。

莫里森并没有仅仅停留在对主人公单一经历的描写上，而是将视线同时投向其他黑人个体，以突出种族隔离制度下黑人被普遍排除在"民主"生活外的生存图景。这种普遍排除经吉姆·克劳法实施，带有制度性的生命政治治理色彩，使黑人在被隔离的政治空间内，"在社会的诸种政治策略中承受危险"，很难得到现实意义上的"平等"[26]6。弗兰克乘火车时，一位黑人男子只是下车买咖啡就引发了一场骚乱。白人"店主或者客人"把他从店里踢了出来，"打翻在地"[19]123。弗兰克的女友莉莉，作为上升中的黑人中产阶级代表，也无法挣脱"因种族而面临的社会限制"[30]388。她在白人社区看好一栋房子，但房产经纪告诉她"文件"规定小区的房子"不可由下列人等使用或占有：犹太人、黑人、马来人或亚洲人，私人帮佣除外"[19]73。作为强制种族隔离政策的吉姆·克劳法，它的持续和实施催生了像咖啡店、房产中介这类私人团体对黑人的公然歧视，而这种做法在当时被认定为并未违反宪法条款，因而不会受到追责。生命政治正是通过此类"排斥性纳入"的手段和分隔性的结构，在社会生活的各个层面达到了对黑人民主权力无形的限制和剥夺。

除种族隔离外，小说还将藏匿在"平静"生活中冷战和反共浪潮的幽灵呈现在读者面前，揭露了生命政治在国家战略层面对黑人的排除与利用。小说几处细节影射了"红色威胁"给美国社会带来的集体性焦虑：医生家中为应对苏联核袭击而设置的"堆满各种补给的避难室"[19]61；莉莉无意提到的，在"麦卡锡主义"反共浪潮中受到政治迫害的作家阿尔伯特·马尔茨（Albert Maltz）。美国社会的焦虑源自对共产主义"这样一个外部的、生物学意义上的他者"的恐惧[31]71。而美国作为"一个生命政治所主宰的国度，对自己国民的安全极其敏感"，必然会采取各种手段消除各种外在与内在威胁[32]107。对外，派兵卷入朝鲜半岛的军事冲突以遏制共产主义扩张。对内，一边对共产主义思潮进行拦截和压制，一边启动自我保护的免疫范式，战略性地赋予有色人种"毒药"与"解药"的双重功用。小说开篇，弗兰克躺在疯人院谋划出逃方案时，有这样一段心理活动描写："在逃跑前，他必须设法弄到鞋。冬天不穿鞋在室外任何地方走动绝对会让他再次被逮捕并被送回病房,直到被宣判犯了流浪罪。真有趣,流浪罪的意思是在室外任何地方站着或无明确目标的走动。"[19]7 特殊时代背景下,主权者利用"流浪法"(vagrancy law),将黑人这一"不稳定因素"结构性地纳入国家"治理术"(governmentality)的捕获和规训范式中。正如朱迪斯·巴特勒(Judith Butler)在探讨国家暴力时所说:"无目标的恐慌会立即发展成针对一切有色人种的怀疑。"[33] 此时,生命权力借口维护人口"总体安全",通过消除人口内部"坏细胞"和危险因素,在一定程度上转移和缓解了美国社会的集体焦虑。然而,在这一过程中,种族矛盾愈发难以消弭、暗流涌动,看似"安定"的表象下危机四伏。莫里森通过《家》的个人化书写描摹的是黑人视野下的 20 世纪 50 年代,而她所要达到的是"迫使公共叙事将种族主义和政治监视包括在内"[34]343,从而让黑人曾在社会民主生活中遭遇的排挤和不公进入更广泛的公众视野。

《家》既描写了生命政治治理给黑人带来的困境,又试图探究黑人对抗宰制、寻求出路的可能,因而具有"反生命政治"的文本表征。福柯认为,在少数群体抵抗权力压制的策略关系中,"抵抗不是简单的否认,而是一个创造的过程;创造与再创造、改变现状和积极参与创造的过程,这些都是抵抗的途径",而"对权力说'不'仅仅只是最小形式的抵抗"[1]168。莫里森以她一贯具有的现实视角和她对黑人问题的深刻认识,借由文学书写探索了黑人在生命政治压制下所能采取的抵抗方式。在她笔下,黑人对生命政治的抵抗并非以牙还牙的纯粹暴力性抵抗,而是以"创造与再创造"、积极的"自我肯定"等方式,在重新建立主体性的过程中消解生命政治对黑人有形和无形的控制。

《家》肯定了黑人社区和文化具有的"创造性"对抗力量。一方面,小说探讨了黑人如何在社区生活中,"依靠实体层面和心理层面的'家'治愈其种族创伤",完成"自我定义"和主体性的建立[35]。"归家"最初只是弗兰克迫于无奈的选择,但正是家乡黑人社区给予的帮助和关爱弥合了茜遭受的肉体和精神创伤。为治愈茜被医学实验摧残的子宫，黑人妇女用草药和日光暴晒私处等各种原生态治疗手段，最终"将一个受过高等教育的强盗医生劫掠破坏过的东西修复如初"[19]133，再造并重塑了被现代医学毁掉的黑人女性身体。同时，社区妇女用她们丰富的生活经验和人生智慧，在心智上成功塑造了"一个全新的茜"[19]132。茜较低的自我认知与她幼时遭受"有缺陷的或是虐待性的育儿方式所带来的创伤"有很大关联[36]。原生家庭的女性长辈没有给予茜足够的关爱和积极正面的引导，这使她无法获得成熟的心智和主体意识，以"抵制种族主义行径企图带来的伤害，并最终成长为一个完整的成年人"[37]。茜回到洛特斯后，其成长过程中长期缺失的母爱被社区女性长辈"严厉的关爱"填补[19]129，继祖母贴在她身上"阴沟里的孩子"的标签也在这个过程中被慢慢撕扯掉[19]133。茜获得自我认知的提升和心智上的成熟，在认真审视自己的过程中，决心"成为能拯救自己的人"[19]134。自此，她才真正在自主意识上开始主体性的重建，这对她接受丧失生育能力的现实和重获生活的自信都极其重要。

另一方面，黑人社区生活的"创造性"对抗力量在《家》中还具有消费文化层面的表现。通过富有"创造性"的生产活动，黑人妇女尽力弥补物质匮乏带给生活的不便，以解构生命权力借"深入到社会有机体最细微的末端"的消费文化[38]，在鲜血和死亡之外，对黑人施加的隐性暴力。在朝鲜战争阴云下，政府告知人们这场战争只是"一场遥远的冲突"，"与之抗争的方式是尽情享受消费文化"[39]215。生命政治开始以更隐秘的范式潜入日常生活，通过琳琅满目的消费品对黑人的主体意识进行重塑，实现对黑人持续的奴役和剥削。小说中，居于城市的莉莉受消费文化支配最甚。她购买各类女性消费品，以获取身体的健康、整洁与完美，期待实现在白人社会作为体面人存在的身份建构。然而，消费文化貌似向黑人允诺"一种幸福的普遍性"，但种族主义的在场决定了这必然是"它无法给予的东西"[40]。无论莉莉对身体如何修饰,都无法让她获得真正意义上的体面。相对的,洛特斯的黑人妇女却在最大限度的分享和物尽其用中,摆脱了消费狂热的诱导。"她们的菜园里不会剩下任何东西,因为她们什么都拿出来与大家分享。她们家里没有垃圾或废物,因为她们能让一切都派上用场"[19]127。在埃塞尔的园子里,"菜豆熟透待采""草莓蔓四处乱爬"[19]135。洛特斯处处呈现出"一个绝对俗世的'充裕生活',它抵达了自身力量和自我可沟通性的完美,是一种主权和权力无法控制的生活"[41]114—115。由此,在社区共同体内,黑人通过创造性的生产活动,以独具特色的生活样态,解构了生命权力如"毛细血管"般的控制手段。

此外,弗兰克作为莫里森作品中少有的黑人男性主人公,承载了作者对于黑人男性个体如何在权力压制下寻求出路的思考。因种族和阶级地位而处于绝对劣势的黑人男性个体,应该如何化解白人带来的暴力侵害:是以同样的暴力手段正面对抗?还是采用迂回的非暴力手段?弗兰克成功解救茜后的内心独白对问题做出了回答:"从某种程度上说,无须打倒敌人就能达到目标才更高明"[19]117。在弗兰克找到茜之前,"暴力和警觉的念头"在他脑海中反复交替[19]112。亚特兰大一位爵士鼓手被音乐节奏控制后着魔失控,被人强行拖走的场景触动了他,让他意识到暴力行为只会让他受到更激烈的暴力压制。因此,当白人医生举枪与弗兰克对峙时,令医生感到吃惊和恐惧的是,他并没看到"想象中一个狂徒理应有的张大的鼻孔、流着白沫的嘴角和泛红的眼睛",而是"一张安静甚至平和的脸,它属于一个不好对付的人"[19]113。弗兰克表现出的冷静和克制超出了白人对黑人"暴力"的固有预想和判断,因而具有强大的震慑力量,让他得以实施一场没有动用任何暴力的营救。通过打破刻板印象,弗兰克以一种新的主体形象实现了对种族暴力和权力压制的无形消解,并将妹妹从生命权力之手的拘囿和奴役中解放出来。

返乡后,弗兰克又经由重新掩埋一具黑人男性尸骨的庄重仪式,表达了对生命权力褫夺黑人生命的抗议,并最终确立黑人男性的尊严和主体性。幼时的弗兰克偶然窥见几个白人掩埋一具黑人男性尸体。这个场景印刻在他的潜意识中,让他很早就感受到白人对黑人生命的随意褫夺。在与年长村民的交谈中,弗兰克得知十几年前曾有一对黑人父子在洛特斯被白人当作狗来斗,为让儿子活命,父亲命令儿子杀死了自己。从时间上推断,那个被埋的黑人正是这位父亲。弗兰克决定为这位父亲做些什么。他找到尸骨,用茜缝制的被罩将其包裹后,安放在了一棵月桂树下垂直的墓穴中。在他亲手打磨的墓碑上写着:"这里站着一个人" [19]153。这场仪式虽然简单,但莫里森将其描绘得极为庄重。仪式既表达了黑人对尊严和灵魂安放的强烈诉求,又解除了被掩埋者"可以被杀死但不可以被祭祀"的"神圣人"(homo sacer)身份及其生命的赤裸性 [41]191。棺椁、墓碑和墓穴解构了白人权力主体对黑人生命的动物化(animalization),消除了黑人男性尊严和主体性遭受的侮辱和破坏。尸骨被垂直放置的"姿态"体现了黑人不愿向生命政治臣服的态度。生命政治的极端暴力手段只能破坏和剥夺黑人的肉体生命,而当黑人决定作为"站立的人"存在时,他们的主体意识和精神诉求便不会被轻易摧毁和抹杀。弗兰克掩埋的既是个人也是黑人群体的创伤记忆。在正视和放下创伤带来的精神重负中,黑人的自我重建最终得以实现。

在对美国历史的回顾中,20 世纪 50 年代常被理想化为"战后繁荣时期",因而导致人们遗忘了当时种族矛盾的潜在性和复杂性。莫里森秉承黑人作家的责任感,在对过去的重述和对官方叙事的解构中,试图为黑人曾被压抑的创伤经历寻找一个释放的出口,并探究黑人在遭遇生命政治宰治时,如何自我重建并最终达成自我救赎。因此,《家》在对历史和黑人境遇的关照中,也表现出了治愈人心的强大力量。同时,小说发表的 2012 年正值美国第一任黑人总统奥巴马(Obama)执政期。在种族歧视看似得到最大程度消融的时期,《家》的出版似乎在提醒人们,当下黑人民权状况的改善未必如所想那般乐观,因为"种族排除总是近在咫尺"[42]。事实上,"9·11"后,美国进入"紧急状态",冷战思维通过"反恐"得以延续,美国社会陷入新的焦虑,生命权力表现出与 20 世纪 50 年代极为相似的敏感性。内嵌和堆积在种族主义思维逻辑中的偏见和恶意再次发力,给黑人带来新的生存风险和困境。莫里森宏观的历史视野赋予她对现实和黑人民权状况的敏锐洞察,而这种洞察也使《家》超越其书写的年代,表现出对当下较为客观、冷静的反思。

第四节 科尔森·怀特海德:非裔新锐小说作家

在 21 世纪的非裔新生代作家中,科尔森·怀特海德(Colson Whitehead)成绩斐然,他的成长速度之快,在普通读者和文学评论界得到的关注之广泛使他毫无争议地成为非裔新锐作家代表之一,其作品被收录在《诺顿非裔文学选集》中。怀特海德 1969 年生于纽约,在曼哈顿长大,全名为阿奇·科尔森·奇普·怀特海德(Arch Colson Chipp Whitehead)。其父毕业于达特茅斯大学,但由于非裔身份,就业时被多家公司拒绝,后自己创立一家高管招聘公司,成为成功的专业人士。怀特海德家境优渥,中学入读纽约上西区知名的私立中学"三一学校",受到良好的教育。在多次访谈中,他曾提到自己年少时是在长岛的汉普顿斯度过了自己大多数的暑假时光,并在那里接触到大量的流行文化。对他而言,恐怖电影、科幻电影、恐怖漫画、斯蒂芬·金等都在不同程度上影响了他,促使他对艺术创作萌发了兴趣。怀特海德中学毕业后进入哈佛大学的英语系学习。在哈佛期间,怀特海德对经典文学的课程兴趣不大,反倒是课余时间的学习对他未来的作家生涯产生了极大影响,譬如他在图书馆读到的伊斯梅尔·里德和托马斯·品钦的作品,以及参加大量的后现代戏剧课程和受到的荒诞派戏剧的训练。大学毕业后,怀特海德返回纽约,开始为报纸"乡村之声"撰写文章,同时开始了他的小说创作。

怀特海德的作家生涯始于 1999 年出版的《直觉主义者》(*The Intuitionist*),这部结合了历史、惊悚和推理小说元素的作品,刚一出版便在读者中引起广泛关注,并获美国笔会 / 海明威奖提名,从而为怀特海德的作家之路奠定了较好的基础。进入 21 世纪后,他持续有小说佳作问世。《约翰·亨利的日常生活》(*John Henry Days*, 2001)获得普利策小说奖提名、阿列斯菲尔德·伍尔夫图书奖、纽约公共图书馆幼狮奖以及全国书评界小说奖提名;《顶点隐藏痛苦》(*Apex Hides the Hurt*, 2006)获奥克兰笔会奖;《萨格港》(*Sag Harbor*, 2009)获得笔会 / 福克纳小说奖提名和赫斯顿 / 赖特小说奖提名;《一号地带》(*Zone One*, 2011)再获赫斯顿 / 赖特小说奖提名;2016 年,他的第六部小说作品《地下铁道》(*The Underground Railroad*, 2016)出版,怀特海德一举拿下当年的美国国家图书奖和次年的普利策奖,成为美国文学史上第七位能够同时获得这两项大奖的双料作家。2020 年,怀特海德凭借《尼科儿男孩》(*The Nickle Boys*, 2019)再次问鼎普利策奖,使他成为继威廉·福克纳(William Faulkner)与约翰·厄普代克(John Updike)之后,第三位两次获得普利策奖的作家。

怀特海德在其创作中不断尝试体裁风格的革新,始终追求在实验性的文学创作和通俗小说模式中试图寻找并建立一种平衡,因此他的作品既能吸引大批普通读者的青睐,同时也能在评论界获得积极的广泛好评。对于他的小说作品,很难用一个统一的类型来加以归类,似乎总是"戴着面具,表面呈现出某个文类的特征,但又不会完全遵循这个文类的写作模式"[43]。正如《哈佛杂志》对作家本人"文学变色龙"的评价一样,怀特海德的小说呈现出强烈的风格多变性。同时,他的每部小说又将不同的文学体裁融合,带有明确的杂糅特质和对传统文学体裁的反叛与创新。怀特海德本人对此的回应是,他在用自己的方式改变某个固定的体裁,这既是他每个作品写作方法的一部分,也是他有意对自己局限性的测试和挑战:

> 我想我只是不想一遍又一遍地做同样的事情,因此,每本书在一个层面上都可以替代以前的那本书 … 这使我可以挑战自己:我可以写一本情节更少的书吗?我可以学习恐怖小说的规则,并使其适应我对世界的关注吗?我能写一部不让我想起有关成年小说的所有东西的成年小说吗?因此,我正在努力为我保持新鲜感。我只是想不让自己感到厌倦。如果我能写一部侦探小说,如果我能写一部恐怖小说,那为什么还要再做一次呢?

为了使工作充满挑战，我必须继续前进。[44]

　　怀特海德似乎总是在不断打破上一部作品带给人们的某种期待，也恰恰是在这种不断的破除中，怀特海德得以用不同的可能性来拓宽自己的文学版图。2021年，怀特海德的第八部小说《哈莱姆鬼步舞》（*Harlem Shuffle*）即将出版。这是他在2020年新冠疫情隔离期间完成的创作。新作品的故事背景被设置在了1960年代初期的纽约市，这是作家将犯罪小说、道德故事、社会小说与家族传奇融合的一次全新的尝试。

　　在《直觉主义者》中，怀特海德在传统的侦探小说中加入了后现代元素，将故事发生的空间设置在一个布满摩天大楼、与纽约极为相似的现代城市，在这个城市里，升降机有着不可替代的重要性。小说主人公里拉作为首位黑人女性升降机检察员，在调查一栋大楼升降机的坠落原因时，不由自主地卷入自己所属的直觉主义者阵营与对立的经验主义者阵营的政治斗争之中。直觉主义者阵营凭借神秘的直觉与感官交流来辨别和解决升降机故障，因而被采用传统的理性和物理法则的经验主义者视为"巫医"和"怪胎"。里拉在自证升降机坠落与自己无关和调查事实真相的过程中，发现虽然两派互相指责，认为对方派人对出事的升降机进行了人为的破坏，但事实上并没有人这么做，升降机的坠落不过是一个单纯的事故。在这个貌似消除了种族差异的现代城市里，升降机实现了现代都市垂直角度的空间提升，同时也象征了种族在城市空间的提升，但是里拉在事件调查过程中遇到的种种阻碍和她逐渐揭露的真相暗指了白人社会对于"黑人提升"的潜在焦虑和敌视。这部小说的出色之处正是在于其隐藏在侦探小说外壳下，对种族问题的巧妙处理。在一定程度上，《直觉主义者》是继《隐形人》和《最蓝的眼睛》之后最新的种族寓言。小说中，有一半黑人血统的福腾教授伪装成白人的目的是黑人实现去边缘化的一种手段，而他致力于升降机"黑匣子"研究是因为他认为现有的"在垂直的社会中平行思考是对种族的诅咒"[45]。因此,为了实现对社会等级制度的改造,最终达到消除种族差异,摆脱黑人身上受到的限制和束缚,就必须打破白人权威,通过设计一个完美的升降机来建构理想化的"摆脱了原来城市的逻辑结构和种族表征,种族提升的基础不复存在"的新城市[46]92。怀特海德借此表达了他对后种族时代的质疑,以及破除种族差异、实现真正的种族平等的一种乌托邦式的愿景。

《约翰·亨利的日常生活》取材自美国民间歌谣中,受人喜爱的超级英雄约翰·亨利的故事。根据传说,他是切萨皮克和俄亥俄铁路公司一位具有超人力量和毅力的黑人铁路工人。在与蒸汽钻的比赛中,他成功地证明了自己的力量,胜利后却因精疲力竭而亡。小说中,怀特海德基于这样一个简单的故事,创造了一部历史传说与现代生活相映成趣的杰作。故事经由年轻黑人记者萨特这样一个现代人物展开。萨特对工作漫不经心,经常利用自己的差旅费用辗转于各个宣传活动现场大吃大喝。1996 年,一个旅行网站委托的写作任务将他带到西弗吉尼亚州,参加第一届庆祝纪念约翰·亨利邮票发行的年度音乐节。在一个乡村小镇上,约翰·亨利的真实故事与萨特的现代冒险经历交织在一起,怀特海德在历史和流行文化、旧时的公然偏执与新时期的阴险种族主义的并置中,将彻底杀害约翰·亨利的工业化时代与摧毁萨特灵魂的现代数字化时代进行了比较。同时,小说通过描写约翰·亨利这一历史传说人物对美国社会、文化和历史的意义,以讽刺的口吻探讨了美国黑人民歌中的人物是如何被美国流行文化接纳并被当作黑人劳动阶级男性气概的代表被讴歌,并通过对约翰·亨利更具人性特点的书写,深刻地指出美国社会中有关黑人男性气概和英雄主义话语的种族主义局限性。正如作家在访谈中谈到他是如何处理约翰·亨利与蒸汽机开战这一情节时所说的那样:"我想把约翰·亨利当作一个人,而不是一个'生来手中就握着铁锤'的神话人物。在我的小说中,亨利是为人性而战。尽管他有些犹豫,但他别无选择。这样的描写要比民谣显得更为人性化。"[47]而萨特，作为小说中与约翰·亨利对应的人物，来自北方城市的他在体力和男性气概上完全无法与前者比较，他此前的个人经历中也很少会将自己的身份与黑人性相关联。然而，潜意识里，他还是背负着奴隶制带给黑人的集体记忆与创伤，因此，当他面对美国南方依然存在的种族偏见时，身份、个性和他男性气概所谓的"缺失"还是让他产生了极大的种族焦虑和不安全感。怀特海德借由萨特这个现代人物，探讨了黑人男子气概刻板化和充满局限性的定义给黑人男性带来的精神危机。

出版于2006年的《顶点隐藏痛苦》通过对一个处于转型期的小镇及其历史多面性的描写，讨论了美国种族问题的复杂和微妙。小说的灵感来自一篇有关如何为新药物命名的文章，以一位非裔"命名咨询师"为主人公。这位主人公在小说中没有名字，他曾经的工作是接受厂家委托为其产品确定一个能够提高销量的名称。在为"顶点"创可贴品牌营销时，他的事业取得巨大成功，但后来因为一个脚趾受伤感染被锯掉后整个人跌入低谷。受前雇主的委托，许久未接到工作的他来到一个叫作温斯洛普的小镇，开始了为这个小镇重新命名的工作。在与当地人的交谈和对小镇历史的调查中，他认识了镇上对重新起名持不同意见的三方，知道了他们各自的背景以及他们之间的历史渊源。在这个过程中，命名师自己的心灵受到震荡，不断反思职业危机给自己带来的肉体和精神伤痛，并将个人的体验带入他对小镇新名字的思考之中。最终，他选择了早在小镇创立之初就由小镇创建人起好的名字"奋斗镇"（Struggle）。随后，他带着对自己未来未解的迷茫匆忙离开了小镇。小说中，无论是个人姓名还是地名都充满隐喻的意味，怀特海德在对大众传媒、消费文化和种族寓言的审视中，探讨命名的过程所体现出的权力话语关系和名字对个人身份、阶级、种族身份认知所产生的影响。正如金伯利·费恩（Kimberly Fain）所说："在分析社会进步时，怀特海德总是在衡量个人、社会或机构需要为之付出的代价。"[48]《顶点隐藏痛苦》所要揭示的是在媒体文化冲击下,美国社区正在逐步退化为仅仅是人口学意义上的人群的集合,小镇命名风波的背后潜藏的是人们正在遭受的身份和认同感危机;同时,黑人要想在一个白人占绝对优势的职业领域取得个人成功,就不得不放弃自己对黑人文化的认同,甚至还会由一个被压迫者变身为一个压迫者。

《萨格港》出版于 2009 年,小说背景设置在 1985 年纽约长岛东端汉普顿斯的一个黑人中产阶级度假村落萨格港。小说主人公班吉是一个黑人青少年,出生于曼哈顿的富裕家庭。每年他都会与弟弟雷吉一起离开自家所在的白人占多数的高级社区,前往萨格港过暑假。这部小说与怀特海德之前的作品在风格和体裁上大为不同,是作者基于自己青少年时期的经历写就,充满强烈的个人色彩。在《华尔街日报》的一篇文章中,怀特海德曾提到说:"在写了很多思想沉重、有关社会批判的书之后,我想尝试一些更为谦和与个人化的东西。"[49]因此,有评论者将其归类为自传体小说也不无道理。小说虽然也涉及了种族话题,但主要描写的对象是典型的黑人上层中产阶级家庭中的青少年生活,因此,在对主人公个人经历的描写中,怀特海德有意略过了黑白种族间的矛盾冲突以及黑人青少年文学中有关帮派斗争的犯罪主题。主人公班吉是后民权时期,作为富裕的黑人青少年,身处白人社会与黑人社会中间地带,并受到嘻哈与摇滚乐影响的一代人,怀特海德对这个人物的塑造在一定程度上打破了黑人文学对黑人男性身份停留在贫民窟和街头打斗之类较为刻板和模式化的认知,从而对黑人性进行了与时代发展相一致的重新塑造,进而赋予了这部成长小说与众不同的独特魅力。

《一号地带》是一部致敬恐怖小说家斯蒂芬·金(Stephen King)和科幻大师阿西莫夫(Asimov)的后启示录小说,描述了僵尸肆虐之后的纽约城市景观。怀特海德虚构了一种病毒,这种病毒能将感染者变为吃人和具有致命传染性的僵尸。小说从僵尸事件结束后,人们开始对纽约市的重建中展开,故事主人公"马克·斯皮茨"在三天的时间里和其他幸存者一道巡视纽约的各个角落,寻找并处理残留的僵尸。讲述者以倒叙的方式,将"马克·斯皮茨"如何在这次末日事件中幸存下来生动地呈现在了读者面前。僵尸题材通常来说往往限于廉价小说、"垃圾电影"和漫画书,因此,有些评论者认为这部小说的出版将怀特海德向通俗小说作家的行列更推进了一步。怀特海德对于此类评价做了如下回应:"这本书产生自僵尸启示录的各种条目,与我而言,它更接近一种电影类型。在我的成长过程中,伴随我的是罗梅罗三部曲和各种后启示录电影,而它们正是写作这本书的主要灵感。"[50] 但是,他认为无论是《萨格港》里的青少年,还是《一号地带》里的食人僵尸,都是他用以谈论和评价美国社会与人的修辞手段而已。《一号地带》关注的不是僵尸为何生成,而是僵尸所反映的现实世界的面貌,以及它们身上折射出的人类精神层面潜藏着的痛苦与怪诞。僵尸代表的是人们对这个世界及环绕在他们周围的人感到恐惧的心理认知,被僵尸破坏的文明本身早已因为种族歧视、无节制的消费主义、强硬外交和军国主义而满身疮痍,而怀特海德想要呈现出的更加令人绝望的事实是,尽管世界被重建,文明貌似恢复如常,但那些人类社会本质上的问题并没有消亡,总有一天还会卷土重来。

2016年,怀特海德构思长达16年之久的《地下铁道》出版。小说除了获得当年的普利策奖和国家图书奖之外,还被"奥普拉读书俱乐部"纳入新书推荐单,并被当时的美国总统奥巴马列入自己的阅读书单。小说讲述了黑奴女孩儿科拉逃离佐治亚州种植园并利用"地下铁道"获得自由的故事。怀特海德笔下的地下铁道不是美国历史上帮助黑奴从南方逃往北方的秘密人际网络,而是由真正的铁道、站台和蒸汽机车构成的严密地下系统,并横贯美国版图。小说采用时代错置、真实与虚构交错以及惊悚、悬疑和科幻等流行要素,既有对美国奴隶制历史的拷问,也有对美国当代社会的关照,甚至还包含了作者对美国黑人民族未来的乌托邦想象。小说体裁采用的是新奴隶叙事的手法，可以明确看到怀特海德对美国早期奴隶叙事的借鉴和参考，如《弗雷德里克·道格拉斯：一个美国奴隶的生平自述》和《一个黑奴女孩的自述》。主人公科拉出生于种植园，年幼时被出逃的母亲梅布尔遗弃并受到种植园黑人群体的排挤和欺侮。科拉一直痛恨母亲，但是她并不知道母亲在逃出之后，出于对科拉的愧疚选择折返，却在沼泽地被毒蛇咬伤陷入泥沼而亡。科拉依靠自己在种植园艰难地长大，直到另一名黑奴凯撒找到她并建议她和自己一起逃走。两人在白人废奴主义者的帮助下，找到地下铁道，并成功地逃往了南卡罗来纳州。科拉二人刚刚安定下来，逃奴猎手里奇韦便追随而来。凯撒被杀死，科拉侥幸逃脱并来到了北卡罗莱纳，躲在了废奴主义者马丁家中的阁楼上。几个月后，里奇韦再次追踪而至，科拉被抓，马丁夫妇也被暴徒杀死。在被押回佐治亚的途中，科拉被几个逃奴救下，和他们一起逃往了印第安纳州一位自由黑人建立的"瓦伦泰农场"，并在那里开启了新生活。然而，逃奴猎手的到来和一场大火迫使科拉再次踏上逃亡之路。小说最后以科拉沿着地下铁道奋力向西前行结束。整部小说情节紧凑，环环相扣，构建出了一幅黑暗恐怖的种族主义社会图景。

　　小说中，怀特海德以时代错置的手法模糊了故事发生的具体年代，但是科拉在逃亡路上的所见所闻将美国历史上不同时期黑人遭受的种族主义迫害贯穿在了一起。南卡罗来纳州貌似开明进步的种族政策背后，隐藏的是对黑人女性进行强制绝育和在黑人男性身上进行梅毒实验的科学阴谋。这里，怀特海德影射的是 20 世纪上半叶美国风行的优生学运动，黑人等有色人种被当作了淘汰的对象，成为种族清洗的受害者。北卡罗来纳州立法清除所有黑人，科拉在逃亡路上看到的一排排吊在树上的黑人尸体，在阁楼的孔洞里看到的对面市政公园广场上以及逃奴猎手当众将捕获的黑奴折磨致死的场景，影射了美国历史上的私刑、种族灭绝行动和以吉姆·克劳法为代表的种族隔离制度。这些情节都揭示了生命政治与种族主义在美国历史各个阶段的媾和以及黑人因此而遭遇的生存险境。怀特海德通过虚构和现实之间的呼应，故事主线之中穿插的以其他人物视角展开的章节，将美国复杂的种族问题全景式地呈现在读者面前。

2019年，怀特海德的第七部小说《尼科尔男孩》出版，该书讲述了20世纪60年代，在种族隔离阴影下，两个黑人男孩在少年管教所艰难服刑，见证和亲历管教老师对黑人男孩虐待、残害的故事。小说取材自佛罗里达州一个真实存在的，有着111年历史，名为"多齐尔"的少年管教所。2014年，怀特海德在报纸上读到一则报道说，南佛罗里达大学考古系学生在对该校旧址考古发掘时，发现了多个被折磨、肢解的黑人男孩遗骸。怀特海德敏锐地捕捉到这个新闻事件背后暗藏的历史对黑人经历的歪曲和掩盖，借由书写揭开60年代种族隔离时期黑人经历中的一段悲伤过往。作家在文学虚构中注入历史真实性，他所关心的核心问题是黑人经历能在多大程度上被历史忘却、清理并彻底消除。小说出版后，《时代》杂志将其评为近十年最好的小说之一，怀特海德也凭借这部小说再度问鼎普利策奖。普利策评委对于《尼科尔男孩》是这样评价的：怀特海德"对吉姆·克劳时代，发生在佛罗里达一所少管所里的虐待行为，进行了不遗余力的、令人震惊的探索。这是一个完全关于人类毅力、尊严和救赎的强大故事"。小说主人公是18岁的埃尔伍德·柯蒂斯，他童年时被父母遗弃，由外祖母靠在高级酒店当清洁工挣钱养大。埃尔伍德喜爱读书，成绩优异，被推荐进入大学学习，可是假期时因为搭乘了一辆被人偷来的车，被指控为偷车贼送去了尼科尔管教学校。埃尔伍德受马丁·路德·金的影响，一直以做一个好人为自己的行为准则。但是，尼科尔学校让他目睹了种种黑暗，他想要好好表现再次争取上大学机会的信念发生动摇，在被管教老师鞭打后决定和好友特纳一起逃离，但在逃跑过程中中枪而亡。成功逃脱的特纳化名为埃尔伍德，来到纽约哈莱姆区，几十年后通过辛苦工作最终拥有了自己的搬家公司。与埃尔伍德不同，特纳对于所谓的黑人提升持怀疑态度，并且他更加了解美国社会种族主义的运行机制,也更懂得如何利用规则为自己谋求利益。怀特海德借这两个对应的人物,探讨了黑人在面对种族压迫和不公时,理想主义和愤世嫉俗这两种截然不同的态度、应对方式可能会产生的不同可能性。另外,《尼科尔男孩》与《地下铁道》具有一定的相似性,两者的相似之处在于它们都关涉到黑人应该如何摆脱奴隶制及其残余,他们应该为之付出多大程度的努力,以及面对历史和社会的黑暗时,他们还能保有多少对于未来的希望。生命政治在不同历史阶段表现出不同的面貌,但究其本质,都是基于黑白种族所谓"高等"与"低等"的差异性。

作为出生和成长于民权运动之后的美国黑人作家代表,怀特海德一直在用自己的创新打破黑人小说创作的固有模式,并对已然发生变化的美国社会现实和现代黑人面对的新问题、新困境加以反思。他的作品呈现出了明确的"后黑人性",其创作美学也带有典型的"后灵魂"一代的特质。所谓"后灵魂"的文学创作思想,指的是民权运动之后,"作家们倾向于用反讽、怀疑的眼光来看待黑人民族文化,扬弃宽泛笼统的'黑人性'概念"[51]89。在怀特海德的小说创作中,这种特质表现在他对模式化的黑人形象和族群身份意识的革新和再造上。他笔下的角色往往游弋在族群的边缘,以其独特的个人经历呈现美国历史和现实中,黑人遭遇的复杂性和多面性。无论是《地下铁道》中被种植园奴隶群体排挤、欺侮的黑人少女科拉,还是勤奋上进、与周围环境格格不入的埃尔伍德,他们代表的都是作家对黑人文学经典形象和固有叙事模式的挑战与颠覆。然而,怀特海德作品的"后黑人性"与"后灵魂"美学并不意味着作家对当下"后种族"时代这种说法的认同。实际上,在怀特海德看来,2008 年奥巴马当选美国总统这一重大历史事件,在本质上并没有消除美国社会根深蒂固的种族歧视和种族暴力问题,因此,他个人并不同意种族主义已经在美国完全消失的所谓后种族主张。在对黑人历史和经历的再现中,怀特海德始终在有意识地探索美国种族问题的历史根源,并在与现实世界的对照中,剖析美国种族建构中起着关键作用的各种要素,如白人至上主义、暴力、阶级、文化、科学等,是否依然还在起着决定和影响黑人命运和生存状况的作用,以及曾经的奴隶制度和种族隔离是如何撕裂黑人的生活,并在当下依然持续着它们挥之不去的影响。

第五节　怀特海德《地下铁道》中的人口治理与生命政治

　　美国黑人历史的特殊性使得黑人生育这一看似个人化的问题,因牵涉到生命政治对遗传、生物学、生命、人口、种族和国家等问题的诸多考虑,自奴隶制伊始,便在生命政治对黑人人口的整体管控中被赋予了重要作用。多萝西·罗伯茨(Dorothy Roberts)在对美国生育史的研究中直截了当地指出:"对生育自由系统化、制度化的否定标志着美国黑人女性的独特历史"。[52] 正是因为种族与生育自由之间的内在关联,在美国历史进程中,无论是奴隶主对女黑奴生育能力的经济剥削,还是 19 世纪 20 年代倡导黑人人口节育政策的优生运动,或是 20 世纪六七十年代对黑人女性施行的强制绝育,对于黑人女性来说都是不堪回首的痛苦经历。这同时也表明了,在不同时期,种族化的生命政治对黑人女性的生育实行着方式不同但目的类似的治理。

　　然而,美国文学对于种族暴力中的性剥削和强制绝育总是刻意轻描淡写,从而不可避免地遮掩了自奴隶制开始直至今天,黑人女性始终面对的、美国文化中的种族主义和性别不平等,以及白人生命权力主体对黑人人口的操纵。第二次世界大战后,尤其是民权运动以来,当代非裔美国作家开始致力于揭露黑人生活中的这些黑暗面,并在其写作中使用这些种族寓言达到其政治批判的诉求。例如,玛格丽特·沃克(Margaret Walker, 1915—1998),在她备受赞誉的小说《禧年》(1966)中,将奴隶制描述为"一个贬低黑人母亲身份的制度,在这个制度下,年轻女性只能靠'繁殖'并尽快生下奴隶子女来保证其生存"[53]。在许多女性黑人作家,如格温多林·布鲁克斯(Gwendolyn Brooks)、玛雅·安杰洛和托妮·莫里森的著作中,关于生育权剥削的话题不断被讨论,而在《地下铁道》这本小说中,它得到了相对更为全面的呈现。

《地下铁道》是科尔森·怀特海德(1969—)于 2016 年出版的小说。作为一位创作力丰沛的非裔作家,他的七本小说和两本非虚构类作品均赢得了广泛的读者关注。凭借《地下铁道》,怀特海德问鼎当年的普利策奖和国家图书奖。小说讲述了女黑奴科拉在 18 世纪 50 年代逃离佐治亚州的兰德尔(Randall)种植园,途径南卡罗来纳州,北卡罗来纳州,田纳西州,印第安纳州,最终到达"北方"的旅程。怀特海德在创作这部小说中的过程中,创造性地通过"对小说中的时间背景进行一些人为的改写"来探讨这样一个问题:"假使小说主人公在向北行进过程中,他或她在每个州的不同经历代表的是美国历史在不同阶段的可能性,那将会如何?"[54] 因此,在科拉向北逃离奴役生活的旅途中,怀特海德让她见证了不同历史时期的种族暴力,并通过小说聚合的不同时空书写世代黑人经历的创伤。在某种意义上,《地下铁道》根植于历史事实,并试图在超越奴隶制的时空中捕捉黑人在美国遭遇的残酷和令人痛苦的现实。通过时间错置的手法,怀特海德将非裔美国人的经历拼接起来,"表明奴隶制只不过是白人至上表现出的一个方面而已"[55]。

怀特海德沿用了"地下铁道"的历史隐喻和废奴主义者帮助黑奴逃离南方的网络体系作为故事的基本构架,但他以真实存在的隧道和机车将虚拟的网络变为了实际存在的地下铁道系统,这个系统就像"一台时光机,将科拉的旅程与长久以来人们寻找美国神话的渴望联系在一起"[56]94。这种创造性的安排实际上赋予他更多的自由来对时空加以修改,进而引入小说故事发生时,即 18 世纪 50 年代,其实并不存在的事物。因此,在他"坚持讲述黑人经历的真实性,但不完全必须拘泥于历史事实"的尝试中,他才有可能在对南卡罗来纳州的想象性书写中,把"优生运动"和实际上发生在 20 世纪的"塔斯基齐梅毒实验"自由地带入小说戏剧化的场景之中[57]550。在谈论他所描写的科拉所在的世界与 20 世纪现实世界之间的相似之处时,怀特海德认为在像美国这样种族主义依然明显的国家中,对黑人群体来说,一百五十年前和当下的生活并没有什么本质上的差异。于他而言,他的小说将对人类持续性拘囹和统治体系中各类不同的手段并置在一起加以想象与呈现,因此,无论是奴隶制还是小说所描述的黑人女性遭受的强制性绝育,它们具有超越时空的同质性。马修·迪辛格(Matthew Dischinger)在对这种叙事空间的分析中也指出,即使这本小说"重新安排了历史,也几乎没有虚构或夸大其词",各种形式的种族暴力的大量堆积是用来"澄清而不是模糊美国种族主义和帝国暴力的历史"[56]83—84。

在小说框架中被改写但并未被根本改变的过去中,怀特海德的错时空叙事手法将奴隶制和对黑人女性的强制绝育融合在了一起。小说所要表达的是,大规模的强制绝育与奴隶制一样,对它们的讨论都无法不涉及种族主义的奴役和压迫史。读者读到的是"一个新的神话,这个神话的容量大到足以将美国种族历史中远超奴隶制的众多时代容纳进来"[58]184,如此,真实与虚构之间的鸿沟被填补,读者亦不会怀疑优生运动和科拉想要拼命逃离的奴隶制度之间所具有的在本质上相同的逻辑。

作为小说的女主人公,科拉对种族真相的逐步认识是黑人女性在美国特殊经历的体现。通过科拉在佐治亚种植园和看似自由的南卡罗来纳州的冒险,小说试图揭露黑人妇女的生育自由被白人权力主体掌握,其生育能力处在生命政治治理中心的历史现实。黑人女性的生育力被置于生命权力的中心,但是佐治亚州和南卡罗来纳州对黑人妇女生育力的管理与控制有着形式上的差异:奴隶制强迫黑人妇女生育,但在像南卡罗来纳州这样的自由州,他们却被迫绝育。然而,在看似不同的生命政治实践背后,却隐藏着权力话语中一个"连贯性的因素",即"白人的控制"[22]205。

对于奴隶主而言,对女性奴隶生育力的剥削是其财富积累的一种手段,因为种植园经济的发展需要更多的劳动力来生产更多的产品,进而得到更多的金钱和土地。他们对女性奴隶的生育剥削是通过如下途径得以实现的:"宣称女奴的孩子为他们的财产,改写数百年来欧洲有关后代身份的法律,基于生物学规定'黑人性',以'黑人性'规定女黑奴的可被奴役性,进而规定持续地对黑人女性实际的生育能力和预计的生育潜能加以剥削的种族奴隶制"[59]1。人口统计学与奴隶制经济的成本效益计算是分不开的,因为"具有生育力的生命是整个种族奴隶制的核心"[59]4。 因此,"产道"的作用是"异化黑人女性的母性","将子宫变成工厂",并将黑人婴儿带入和其母亲一样作为财产和"非人类的存在"的现实状态[60]63。

生育能力成为判断处于适育年龄的女奴价值的标准,因此不育者自然被生命权力归类为劣等和残疾。小说中,这种生命政治的内在逻辑经由一群女奴较为典型的经历得以呈现:如果女奴因为生下"发育不良和夭折的婴儿",就会被残暴殴打直至神志模糊,之后会被驱逐到一个叫霍布的小屋[61]16。在兰道尔种植园这样一个微观权力社会中,对奴隶的管理遵循着生命政治的基本原则,该原则将不值得活的人与值得活的人区分开来,因此,那些生育能力不良的黑人女性与那些"被监工殴打致残的奴隶""身体因劳作而丧失机能的奴隶",以及"那些精神失常的奴隶"共同被划归为没有价值的人,然后被整个种植园共同体排除[61]16。从某种意义上说,霍布小屋是"疯人院"的一种变体,容纳的是那些身体或精神都"不合时宜"的人,这些人因为没有了从事体力劳动的能力,进而丧失了身为奴隶的基本价值。

随着叙事空间转换到虚构的南卡罗来纳州,怀特海德颇有讽刺意味地将这个科拉之旅的第一站设置为奴隶制被废除后的自由州。在这个自由州里,一幅完全不同但更为复杂的图景被呈现出来,生命权力在其对黑人生命的隐秘控制中,表现出其提升和压制生命的双重特征。南卡罗来纳州政府购买了逃亡的奴隶,使他们成为政府的财产,并致力于各类社会计划以"提升有色人种,特别是那些有才能的人"[61]98。曾经的奴隶从政府那里获得食物、宿舍、学习阅读和写作的机会以及许多可以为自己赚钱的工作。他们的身心健康也得到政府系统的照顾:"随着有色人种定居在南卡罗来纳州,医生们竭尽全力地保障他们的身体健康,而宿管人员则尽可能地采取措施保证他们在精神上更好地适应新生活。"[61]112 在医生办公室里,科拉和一群黑人一起接受医生检查。于他们而言,这是全新的体验,因为在种植园"只有当一个有价值的劳力在濒死的时候,奴隶主才会让医生前来给他诊治"[61]100。医生通过询问科拉祖辈的出身和体质,检查她的心脏和肺部状况,进行智力测验以及有关"生育能力"的身体检查,对科拉的总体健康状况进行了调查和记录[61]101。细致的检查是为了判断她是否可以胜任劳动,以满足南卡罗来纳州经济发展的需求。同时,宿管人员安排频繁的社交活动,以"促进黑人男女之间的健康关系,并消除奴隶制对他们的性格造成的某些损害。因为他们认为,音乐和舞蹈,食物和潘趣酒,这些在闪烁的灯光下绿色草地上的一切美好,都是这些受虐灵魂的滋补品"[61]103。黑人个体受到精心照料,因为他们以政府财产的形式存在,其体力、健康和死亡率必须全部被纳入生命政治的微观考量和精细计算之中。

科拉和其他黑人从白人那里得到的种种优待诱使他们相信南卡罗来纳州是安全的,但是,在这些针对黑人的提升计划背后,隐藏着极为邪恶的目的,即通过一个长期的优生和绝育项目,来防止黑人在人口总数上超过白人,并避免黑人人口增加对白人就业和社会财富分配的负面影响。南卡罗来纳州对黑人人口的治理比佐治亚州具有更为宏观和科学的考虑,因为黑人人口作为被治理的对象在自由州获得了更大的流动性和自由度。然而,南卡罗来纳州和佐治亚州的生命政治治理的实践在本质上是相同的,只是前者表现得更为隐蔽而不易被察觉而已。

科拉向北逃亡的旅程在怀特海德笔下更像是一个隐喻,表现了美国黑人如何透过名义上或事实上的自由,看清美国社会给与黑人的所谓自由的本质。当科拉开始怀疑整个强制生育控制计划背后的动机，她对美国种族社会压迫性本质的理解以及对绝对自由的怀疑才刚刚开始。怀特海德以时间错置的写作手法模糊了历史时间的线性发展，以文学书写打破了官方叙事的沉默，将 20 世纪生命权力对美国黑人女性生育的操纵呈现在大众视野之内。实际上，在美国，强制绝育有着很长的历史，自 20 世纪 20 年代到 70 年代，整个美国都发生过大规模的针对黑人女性的强制绝育行动。在实施该优生计划的 32 个州中，北卡罗来纳州在推进黑人女性绝育上最为激进。1933 年至 1973 年的 40 年间，北卡罗来纳州优生学委员会执政期间，该州对 7 600 名妇女进行了绝育，其中约 5,000 名是黑人。在未经她们同意的情况下，这些黑人女性被医生以非治疗目的例行绝育。当我们比较纳粹德国的种族清洗运动与美国优生计划时，可以发现两者在保证种族纯洁方面存在着一种相似性。然而，无论是美国优生运动还是德国的种族清洗运动，在官方的宏大叙事中都被大范围地抹去，更不用说"资本主义施加在黑人女性身上完全不道德和不人道的残酷行为"[56]91。怀特海德的时间错序的手法无疑是要表明，在奴隶制被废除后的很长时间内，对黑人女性身体的掠夺和压制依然还在继续。

　　南卡罗来纳州的强制绝育运动旨在控制黑人的数量，暴露了白人害怕被他们曾经奴役、残酷对待和折磨的黑人在人口数量上超过的心理。参与政府绝育行动的伯特伦医生的话正好解释了这种焦虑心理的成因：

　　美国从非洲带来并繁衍了太多黑人，以至于在许多州，黑人的数量已超过白人。单凭这个原因，黑人解放就不可能实现。实施战略性绝育，先是黑人女性，然后是黑人男性，这样我们就可以消除在睡梦中被他们杀害的恐惧。牙买加起义者有着贝宁人和刚果人的血统，他们任性又狡猾。如果我们长时间地对那些非洲血统加以仔细调整会如何呢？[61]122

　　伯特伦从具有种族癔病的白人角度表明了绝育行动的必要性，并且在他的逻辑中,绝育行动似乎解决了"奴隶解放后白人心中存有的疑虑:该如何应对这些自由的黑人"? [57]549 在南卡罗来纳州的工业经济体制下,情况不同于依靠大量奴隶的种植业经济,因此,黑人女性的生育能力不足以成为被剥削的对象,但是却被纳入了更为细致的生命政治分析和计算的体系。黑人在美国的确拥有大量人口,正如科拉在谈到黑奴和自由黑人的人口数量时所说的那样,"如果我们要说,我们不会让每个人都知道……我们的人数有多么多" [61]163,但是生命政治制度一直在不遗余力地改变这一数字,以缓解白人社会的焦虑。南卡罗来纳州对黑人女性施行的强制绝育,将黑人身体的生物性置于生命政治算计的中心,这表明在像南卡罗来纳这样已经废除奴隶制的州与如佐治亚这样尚未未废除奴隶制的州,生命政治对黑人人口的整合与治理存在着普遍的内在一致性。

在《地下铁道》中,大规模绝育被描述为在南卡罗来纳州有着系统化组织和高度规划性的政府行为,医疗系统和社会服务机构都参与了该项目的实施,表明人口的生命政治治理过程中,在医学权力知识话语的辅助下,安全"装置"的复杂运行。在配备了专门设备的医院里,一位名叫史蒂文斯的医生"曾跟随开创绝育技术的人学习过",他试图说服像科拉这样的黑人女性采取"简单,永久且无风险"的手术"切断女人体内的输卵管以阻止婴儿的生长" [61]113。史蒂文斯医生承诺,这项技术"已经在波士顿庇护所的有色人种身上得到完善",他认为,对于像科拉这样的黑人女性来说,这是一个"掌控自己命运"的好机会。像史蒂文斯这样的医生被州政府雇用,目的是向当地医生传授该技术,以实现大规模的人口控制。从某种意义上说,这些医生实际上在医学和政治交叉的一个模糊地带决定哪些是"不值得活的生命" [2]142。在为黑人女性提供的宿舍里,宿管露西小姐希望科拉能跟其他女孩用她们听得懂的话来说节育计划。她含蓄地说,只要黑人女孩进行了绝育手术,她们就会被视为"证明了自己价值的人",并获得更多新的工作机会 [61]123。同时,在医学话语的权威性和生命权力的隐秘性被质疑和挑战时,生命权力的规训机制便会介入并发挥其抑制作用,以维持生命政治的正常运行。小说中,在一个午夜时分,科拉曾目睹一位黑人女子衣衫不整,在街头大喊着"我的孩子,他们要带我的孩子!"[61]105 之后不久,科拉意识到"这个女人谴责的不是种植园的不公,而是南卡罗来纳州盛行的种族罪行",她在指控"医生偷走了她的孩子,而不是她以前的奴隶主"[61]123。这个揭露真相的人被当作"疯子",并被权力机构立即捕获,之后被送入以宿舍管理员为代表的生命政治规训机制之中。

然而,无论是医生还是宿舍管理员,他们在强迫或诱骗黑人女性进行不必要的绝育手术时,都没有告知她们手术的目的和可能产生的后果。福柯在对话语运作机制的分析中指出,"规避、阻止进入真理以及遮掩真理",这些都属于"遮遮掩掩和最后关头迂回"的策略,目的是为了蒙蔽权力主体想要隐瞒真相的那些人[62]37。权力滥用的隐秘性是必不可少的,因为"权力只有掩盖自己的一个重要部分,才是人们可以容忍的","权力的成功是与它是否掩盖了自己的机制成正比的"[62]56。

在针对某些特定群体绝育的立法和实施过程中,由于人们根据种族和阶级对人口群体进行划分,因此不可避免地会发生进一步的欺骗行为。优生计划宣称针对的是那些无法控制他们生育行为的人,譬如"疯子""弱智"或"病人"等,以此来证明政府为提高人口质量而进行的强制绝育措施是合理的。借用小说中用史蒂文斯医生的话,对于那些"低能或精神不健全的人"和"习惯性犯罪的人"来说绝育政策有其强制性,但是"已经生育两个以上孩子的有色人种女性"也被生命权力主体以"控制人口的名义"包含在内[61]113。另外,像科拉这样身心健康,没有生育过并且经济状况差的黑人女性,也成了潜在的绝育对象。生命政治通过压制和中止不适合的群体的生存来"消除他们不想要的社会因素"[22]191,对于有色人种而言,他们生物性的生命是否"值得活"的标准不可避免地受到种族和阶级偏见的影响。

科拉的幸运之处在于,随着她种族意识的觉醒,她看穿了生命政治话语中白人权威的谎言。她知道,对于她之前的白人雇主安德森太太来说,即使她患有精神疾病,也绝对不会被强迫绝育,而且她还意识到,在那些白人医生眼中,自由的黑人妇女和种植园里的女奴隶在本质上没什么不同,他们都不过是被白人随意操纵的财产。

因此,在这种欺骗性的操作下,南卡罗来纳州那些自由的黑人妇女和她们的生育能力,成为了生命政治在身体规训与人口治理双重层面的对象,被置于"两条轴线的交叉点上,一切政治技术都是沿着这两条轴线发展出来的"[62]94。这与福柯在《性经验史》中所讨论的"性"的状况极为相似,"肉体的规训与人口的调整"这两个机制不是互相排斥,而是可以相互阐明,因为它们本身共同"构成了生命权力机制展开的两极"[62]90。

一方面,生命权力涉及解剖政治学的基本形式,以微观的手段对人体加以规训、对人体机能加以优化、对人体实用性和驯顺性加以提高,并将其进一步整合到高效、经济的控制体系中。这些微观的权力手段有"对身体的无穷无尽的监督、无时无刻的控制、谨小慎微的肢体定位、没完没了的医疗检查或心理检查"[62]94;另一方面,生命权力致力于通过统计评估、综合措施和干预措施以及监管控制,来监控人口的生物学过程,包括"繁殖、出生和死亡、健康水平、寿命和长寿,以及一切能够使得这些要素发生变化的条件"[62]90。

科拉两次拜访医生的场景中都描写了医生观察、检验和评估黑人女性身体的细节,而这些医生象征着解剖政治中的白人权威。科拉第一次进入医生办公室时,她被"检查室里闪闪发光的钢制仪器"吓到了,她想起了她的前奴隶主"出于险恶目的"从铁匠那里订购的工具[61]99。而医生为了推测她的生育能力用这些工具对她私处进行的检查,既使她感到恐惧,又让她痛苦和羞愧;她的手被检查,后背的疤痕被记录,有关她身体各部分的所有数据都由护士收集并记录在"蓝色纸张"上,以备将来参考[61]101。在她第二次拜访医生时,虽然医生比之前令人愉悦,但当她被检查时,科拉还是强烈感觉到她的身体就像流水线输送带上的产品正在被医生"照料"[61]113。无论是医生对她性经历的直接询问还是对她做节育手术的劝告,都表现出了医学话语强烈的规训意图。

　　而在虚构的南卡罗来纳州对黑人人口的生命政治治理中,黑人妇女及其生育力被置于权力场域的中心,在那里,生命政治将黑人人口的整体作为操纵和干预的对象。宿管露西小姐曾对科拉解释之所以收集南卡罗来纳州黑人女性健康数据的必要性,因为"所有数字、数据和笔记将大大有助于他们理解有色人种的生活"[61]112,这表明黑人生命正以数据化和系统化的方式进入生命政治机制。同时,通过强制绝育黑人妇女,不仅黑人人口的现状,而且其未来的发展都被纳入到了生命政治治理的整体考虑之中。在科拉对强制性节育的思考中,她联想到了白人对印第安人的大屠杀,"印第安人杀害了妇女和婴儿,并扼杀了他们的未来"[61]117。科拉认为,黑人正在面临着与印第安人一样的命运:他们的未来将被掠夺,但是黑人面对的是比直接杀人更为隐秘的方式,是通过医生"把身体切开并将其撕裂"的外科手术而达成[61]117。

　　科拉意识到的绝育政策背后隐藏的阴谋让她想在南卡罗来纳州获得真正自由的幻想破灭。而这种幻灭使得曾帮助科拉在南卡罗来纳州定居的车站管理员萨姆的话听起来更像是讽刺,他说,"与南方的其他地区相比,南卡罗来纳州的人们对有色人种提升的态度更加开明"[61]91。这个情节的设置也预设了科拉未来逃亡旅途中将会遇到更多未知风险,因为生命权力之手在以不同的方式,公开的或是秘密的,控制黑人人口的数量和流动性。当逃奴猎手里奇韦从佐治亚追赶科拉至南卡罗来纳州,科拉随即逃往北卡罗来纳州,却发现那里的情况更糟,她甚至可能无法活下来。为了让科拉知道北卡罗来纳州有多危险,车站管理人马丁向她展示了被称为"自由之路"的小路旁树木上悬挂的逃跑奴隶的尸体[61]153。其中,两具悬挂的尸体带有深刻的、生命政治的隐喻意味：一具是被阉割的黑人男子；另一具则是一个肚里怀有婴儿的黑人女子。黑人的繁殖总是权力压制的对象，而在北卡罗来纳州，这种压制力量通过私刑的方式得以实施，而施行的权力"装置"不再是医生，而是白人巡逻员以及"夜间骑士"，他们代表的是"白人扭曲的、无情的法律"[61]162。

在《地下铁道》中，科拉似乎总是在试图摆脱生命权力之网的拘囿，这张生命权力的大网由各种意图捕捉、驯服和破坏她身体和生命的权力主体构成。通过这些看似不同的主体，小说展现了不同权力场域内，生命政治中内在逻辑的一致性。逃奴猎手里奇韦坚持和代表的是所谓的"美国精神"："那种召唤我们从旧世界到新世界，征服、建设和给蛮荒之地带来文明的精神；那种销毁必须销毁的东西的精神；那种提升劣等种族的精神；那种如果无法提升就使其屈服，如果无法使其屈服就将其灭绝的精神"。[61]221-222 对黑人女性进行绝育的白人医生认为，这些手术是"送给有色人种的礼物"[61]113。而对逃亡的黑人奴隶处以私刑的白人巡逻员则声称他们正在拯救北卡罗来纳州，使其免受"劣等种族的污染"[61]160。他们都在以生命政治逻辑中包含的所谓"道德正义"来为他们对"他者"造成的巨大伤害辩解。在这些权力主体的心理机制中，我们可以找到一些共同之处：他们对黑人的贬低和排斥，他们臆想出来的人数不断增多的黑人对白人安全的威胁，以及他们消除所谓"劣等"种族的潜在意图。

科尔森·怀特海德通过将小说主人公，一个黑人女孩，置于生命政治治理给黑人带来的一个接一个的危险之中，使他的读者逐渐认识到，对于那些始终处于生命政治捕获机制中的黑人来说，自由不过是一种幻想。科拉第一次登上佐治亚州的地下铁道时，车站管理员拉姆布雷提醒她："我经常说，如果你想了解这个国家的本质，就必须乘坐火车。随着列车加速前进，向外看，你会发现美国的真实面目"[61]69。当科拉透过车厢的孔隙向外看时，她看到的东西"只有一英里又一英里的黑暗"[61]70。而当她躲在北卡罗来纳州的阁楼庇护所里等待机会再次乘坐地下铁道逃亡,她记起当她第一次在种植园听到一个黑人男孩背诵《独立宣言》时,那时的她相信那些词语所描述的美国一定存在于种植园外的其他地方,然而在她真正了解了这个国家的一些真相之后,她感到"美国是黑暗中的幽灵",无时无刻不在监视着黑人[61]180。美国建国者写下的"人人生而平等"中的"人人"并"不是真正意味着所有人",生命政治"纳入性排除"的基本逻辑决定了其对有色人种繁殖和人口治理所应遵循的普遍原则[61]117。

第二章
21世纪奇卡诺／纳文学中的生命政治

第一节　21世纪国内奇卡诺／纳文学研究

"奇卡诺"（chicano）一词是20世纪中期以后墨西哥裔美国人的代名词，其对应的阴性词为"奇卡纳"（chicana），泛指墨西哥裔女性。20世纪60年代，在美国民权运动影响下，多元文化格局逐渐形成，墨西哥裔民权运动"奇卡诺运动"受其触发而兴起，"奇卡诺"一词被墨西哥裔社会活动家援用并得以广泛传播，从而成为一个能昭示民族身份，并带有文化自觉意义的身份标识概念。与此同时，奇卡诺作家的创作热情得到了极大的激发，兼具民族性和政治性双重特点的奇卡诺文学登上了美国文学的舞台并进入了初步繁荣时期，并开始成为20世纪中期以后美国墨西哥裔文学的代名词。

1969年3月，奇卡诺文化运动中诞生的《阿兹特兰精神计划》明确表达了奇卡诺人"通过'太阳'民族的身份确认而树立起来的民族自豪感和归属感，辐射式地体现于这一时期众多作家作品中"[63]129。到了20世纪80年代，奇卡诺文学全面繁荣，鲁道夫·安纳亚（Rudolfo Anaya）、阿图罗·伊斯拉斯（Arturo Islas）、桑德拉·希斯内罗丝（Sandra Cisneros）等作家的作品广受读者欢迎，并被收录到《诺顿美国文学选读》和《哥伦比亚美洲小说史》，开始了奇卡诺文学的"经典化"进程。

如今，经过两代奇卡诺／纳作家的努力，奇卡诺文学与美国非裔文学、犹太文学、印第安裔文学、亚裔文学一道，成为美国当代多元文化格局中的一种典型形态，成为美国文学中的重要组成部分。奇卡诺文学因其历史和文化背景，带有明确的混血与杂糅的特质，其文化源头既有美洲印第安人的土著文化，又有西班牙殖民者的天主教文化，还有央格鲁—撒克逊美国人的清教文化。但在三种文化源头的融合中，奇卡诺文学本身具有的文化自觉性，使其带有明确的反抗文化殖民和追求身份认同的强烈色彩。

美国本土的奇卡诺文学批评在早期呈现出"创作催生批评"的特点，因而出现了众多学者型的批评家，"他们关注到奇卡诺文学对美国文化和政治霸权的批判，和其中进行的重要艺术和语言学上的革新。这些基础性的工作证明了奇卡诺文学在美国文学研究中的重要性"[64]。20世纪六七十年代的"第一代"奇卡诺批评家关注到奇卡诺文学对美国文化和政治霸权的批评，同时考察其中进行的重要艺术和语言学上的革新，因此，在这一阶段的批评话语中，文化批评占据了主流，强调奇卡诺文化与美国主流文化间在语言、文化象征、宗教信仰、家庭构成等多个方面的差异性。例如，帕雷德斯（Paredes）在《奇卡诺文学发展》（"The Evolution of Chicano Literature", 1978）一文中，对奇卡诺文学的勃兴和发展做了总体性的介绍并进一步关注到奇卡诺文学的独特性。此外，另一个占据主流的奇卡诺文学批评流派是形式主义批评，代表人物有布鲁斯诺维亚（Bruce-Novoa），他在《奇卡诺文学空间》（"The Space of Chicano Literature", 1975）一文中，提倡以文本细读的方法，发掘每一部奇卡诺文学作品的独特性，并提出奇卡诺文学经典化的过程不应忽略女性作家和同性恋作家的作品。

进入20世纪80年代以后，"第二代"奇卡诺文学批评家多为美国知名大学的教授，他们吸收了欧美当代批评理论和方法，努力探索更为成熟的批评方法应用于奇卡诺文学的研究，其研究规模和层次也有了很大的提高，试图从更深层次、更学术性的角度研究奇卡诺历史、政治和社会问题。如加勒莫·赫南德兹（Guillermo Hernandes）对剧作家路易斯·瓦德兹（Luis Valdez）剧作中的讽刺方式的深刻探讨和分析。雷蒙·萨迪瓦尔（Ramon Saldivar）在 1990 年的著作《奇卡诺叙事：差异的辩证》（*Chicano Narrative: The Dialectics of Difference*）中，将墨西哥裔的民族意识及文学表达放在"差异性"的框架下，采用结构主义立场，对奇卡诺长篇小说、短篇小说、叙事诗和自传等叙事文体做了综合的批评研究。戴博拉·麦迪森（Deborah Madsen）在 21 世纪之初出版《了解当代奇卡纳文学》（*Understanding Contemporary Chicana Literature*, 2000）一书，对 20 世纪奇卡诺文学进行了回顾性的批评，选取了六位知名奇卡诺和奇卡纳作家。通过发掘他们文本的主题、意象和关注点，寻找这些不同时期和性别的作家在探寻和构建民族身份和认同方面所做的尝试。

进入 21 世纪后，奇卡诺文学的地位已经得到巩固，得到批评界的持续关注。加州大学伯克利分校和洛杉矶分校等诸多研究机构纷纷成立奇卡诺研究中心，展开系统化的奇卡诺文学批评研究。近年来，随着文学理论的进一步发展和更加广泛的应用，奇卡诺文学的研究视域也有了相应的扩展，如空间理论、文化诗学、酷儿理论和后殖民主义等，民族意识和性别、阶级等维度结合，得到了更加多元化的展现。学术研究范围从作家作品到奇卡诺文学教学和奇卡诺儿童文学不一而足。

国内学者的研究第一次提到奇卡诺文学是在 1980 年，刘丽霞、孙法理发表了《美国第三世界诗歌》，并在文中引介了奇卡诺作家贡萨雷斯（Gonzales）的史诗《我是华金》（I Am Joaquin, 1969）。之后，奇卡诺文学在我国的研究似乎出现了断层。直至 2004 年，国内学者陆续开始发表学术文章探讨奇卡诺文学，研究开始出现逐渐升温的趋势。刘玉的《种族、性别和后现代主义——评美国墨西哥裔女作家格洛丽亚·安扎杜尔和她的〈边土：新梅斯蒂扎〉》（2004）评介了墨西哥裔文学界著名女性主义评论家和作家格洛丽亚·安扎杜尔（Gloria

Anzaldua），在国内奇卡诺／纳文学研究有着重要的开创性意义。石平萍在《奇卡纳女性主义者、作家桑德拉·希斯内罗斯》（2005）与《开辟女性生存的新空间——析桑德拉·希斯内罗斯的〈芒果街的房子〉》（2005）是国内最早对奇卡纳代表作家西斯内罗丝进行文学批评的学术性文章，甚至早于国内对《芒果街的房子》的译介；另外，她的《〈保佑我，乌尔蒂玛〉——奇卡诺成长小说中的普世智慧》（2009）中，介绍了奇卡诺文学研究中的一位热点作家：鲁道夫·安纳亚及其作品中所呈现出的各民族和谐共生的普世智慧；在《西班牙文化与印第安传统的对立与融合——〈保佑我，乌尔蒂玛〉新解》（2009）中以语境化的方式对小说文本加以解读，着力分析小说表现出的西班牙文化和奇卡诺文化至上主义在意识形态上的差异，以及这些差异对小说人物文化认同过程产生的影响。傅景川、柴湛涵的《美国多元文学中的一朵奇葩——奇卡诺文学及其文化取向》（2007）对奇卡诺文学做了一次总体性的介绍，按照奇卡诺文学发展的时间轴，对 20 世纪六七十年代奇卡诺文学的勃兴，及至八九十年代的到达高潮期的整个流变过程做了细致的归纳与总结。李保杰在《鲁道夫·阿纳亚与〈保佑我，乌勒蒂玛〉》（2007）中讨论了小说所反映出的奇卡诺文化和主流文化之间的对抗性，以及美国主流文化对奇卡诺文化的接纳。黄晓梅在《奇卡诺文学简论》（2008）中，对奇卡诺文学的历史背景、特点、代表作家做了概括性的介绍，重点强调了奇卡诺文学所呈现出的美国文化多元性。胡兴艳、袁雪芬在《美国奇卡诺族裔身份与文化保留战的象征——贡萨雷斯的史诗〈我是华金〉评析》（2010）中，分析了诗歌《我是华金》表现出的奇卡诺民族身份的多重性、奇卡诺文化的历史处境以及复兴的可能性。李保杰、苏永刚在《边界研究视角下的当代奇卡诺文学》（2011）中，从边界研究的视角切入，对奇卡诺文学的多重文化渊源、文学体裁、横向的地缘与性别差异等问题加以分析，并辅以奇卡诺文学各个分支发展与流变的具体介绍；另外，二人在《后现代主义视角下的当代奇卡诺文学》（2012）中，分析了"去中心化""反议""解构"等后现代主义叙事方式在文本中的具体运用。胡兴艳在《从鲁道尔夫·贡萨雷斯的作品看美国奇卡诺族文学的特征》(2012)中,对贡萨雷斯作品中的民族主义倾向进行了分析,并进一步阐明奇卡诺族文学对美国文学甚至世界文学的影响。杨文斅、潘寅在《后殖民主义语境下的文化抵抗——以〈保佑我,乌尔蒂玛〉为例》(2017)中则从小说中呈现的奇卡诺文化中的传统巫医文化、印第安土著仪式,以及写作中英语与西班牙语双语的使用,分析小说对奇卡诺族裔形象的重塑和达到的文化抵抗目的。李保杰在《城市历史与空间政治——〈天使之河〉中的洛杉矶》(2017)一文中介绍了奇卡诺先锋作家阿里汉德罗·莫拉利斯的小说《天使之河》,并从历史书写与空间政治的角度,对小说的社会历史价值与其种族政治的诉求进行了深入分析。国内对莫拉利斯的评介最早见于王守仁的《历史与想象的结合——莫拉利斯的英语小说创作》(2006),该文以莫拉利斯的英语小说的个案为基础,介绍并分析了当代墨西哥文学的魔幻现实主义等特征。

除了学术期刊论文之外,国内有关奇卡诺文学研究的博士论文虽数量不多,但是从现有的博士论文来看,既对奇卡诺文学发展概况做出了细致梳理,又从不同的视角对奇卡诺文学文本做出了深入的阐释。吕娜在其博士论文《当代奇卡纳代表作家研究》(2009)中,以格洛丽亚·安扎杜尔、桑德拉·希斯内罗丝和安娜·卡斯特罗(Ana Castillo)及其经典作品为研究对象,通过分析这几位女性作家表现的主题、写作内容与风格等,探讨其与美国其他少数族裔女性文学之间的相似性与不同。柴湛涵在其博士论文《"第五个太阳作家群"与奇卡诺文学转型》(2013)中,对 20 世纪 60 年代末至 70 年代中期奇卡诺文学转型期进行了深度介绍,论文从文学传统、时代风尚、文学精神取向和文学批评这几个方面入手,对"第五个太阳作家群"进行了多维度的分析,以挖掘驱动奇卡诺文学转型的内在动力。李保杰在其博士论文《当代奇卡诺文学中的边疆叙事》(2009)中通过对"边疆"实体存在和内涵延伸中的"边疆",尝试建立起奇卡诺边疆研究的框架,研究基于奇卡诺文化杂糅身份而生成的"边疆"的喻指意义,从而进一步延伸到对墨西哥裔族群内部文学表达差异性的研究。

　　在国内的美国文学史著作中,常耀信的《美国文学简史(第三版)》(2008)相对全面地介绍了奇卡诺文学发展历程及其代表作家与作品。张子清的《20世纪美国诗歌史 第3卷》第七章介绍了墨西哥裔美国诗歌,对奇卡诺运动和奇卡诺诗歌的历史发展做了重点介绍。另外,有关奇卡诺文学研究的专著也有佳作问世:李保杰在2014年出版的《当代美国拉美裔文学研究》中重点探讨了墨西哥裔文学。其中对奇卡诺文学的缘起和历史做了非常系统和详尽的介绍,并从地域差异出发对墨西哥裔文学的三大分支进行了对比研究。该书采用了大量翔实的一手材料,论证体系严谨,被誉为国内美国拉美裔文学研究的开山之作。袁雪芬在2015年出版的《奇卡诺文学伦理思想研究》中,从文学伦理学批评的视角出发,对奇卡诺文学表现出的对白人文化的族裔抵抗性伦理特征、城市社区和边土奇卡诺人对司法正义追求的政治性伦理特征、奇卡诺女性对抗家庭传统的家庭伦理特征以及奇卡纳文学中的典型生态主义伦理特征进行了深入剖析。

第二节　阿里杭德罗·莫拉利斯:奇卡诺先锋作家

阿里汉德罗·莫拉利斯是当代奇卡诺文学界最具创造力和最负盛名的作家之一。在出版了三部西语小说后,他的第一部英语小说《制砖的人们》(*The Brick People*)于 1988 年问世。之后,莫拉利斯相继创作了《布娃娃瘟疫》(*The Rag Doll Plagues*, 1992)、《死亡纵队长》(*The Captain of All These Men of Death*, 2008)和《天使之河》(*River of Angels*, 2014)等多部英语长篇小说。这些作品为莫拉利斯赢得更为广泛的读者群体和学术关注,其当代奇卡诺代表作家的地位得到进一步巩固。莫拉利斯始终将书写焦点对准墨西哥裔美国人身处社会、历史变迁中的生存困境,"描写西裔贫民区的生活,讲述奇卡诺人与白人间的紧张冲突"[65]384。虽然,莫拉利斯一再坦言自己的历史题材小说是在戏说历史,但其作品明确表达了他对主流社会刻意遗忘墨西哥族裔历史的不满,实现了他以虚构叙事和个人叙事争夺话语权的强烈诉求。

莫拉利斯是墨西哥移民的后代,出生在加利福尼亚州的蒙特贝罗,在与蒙特贝罗毗邻的西蒙斯三号砖厂(Simons Brickyard No. 3)的职工宿舍区度过了自己的童年时代。他在洛杉矶加州州立大学获得学士学位,后从罗格斯大学获得硕士与博士学位,目前是加州大学欧文分校奇卡诺/拉丁美洲研究系的教授。莫拉利斯对写作的兴趣始于初中时期的速写练习,这些基于他在砖厂见闻的习作最终促成了他第一部西语小说初稿的完成。读研期间,他继续打磨小说并在美国寻找出版机会。当他在墨西哥城市大学的文学研究中心学习时,他遇到了《约奎因·莫蒂斯社论》的编辑,后者出版了他的第一部西班牙语小说《老面孔与新酒》。自此,莫拉利斯开始了他的写作生涯,并最终成为人们认为的奇卡诺文学的先驱作家。他擅长写历史小说,受西班牙作家、哲学家米格尔·德·乌纳穆诺（Miguel de Unamuno）"内历史"观的影响，手法常常是在真实历史和事件的架构下书写普通人的生活，"他力求通过文学想象去补充几乎被遗忘的从前，通过文学叙述揭开尘封的过去，将墨西哥裔美国人的历程呈现出来"[66]59。作为学院派作家，莫拉利斯的历史小说创作也受到了哈钦的编年史元小说理论的影响。他将理论、历史和虚构进行了有机的融合，从而对过去进行再思考与再评价。在他看来，创造性的、富有想象力的作品与经验主义作品同等重要，前者作为探索与变革的催化剂，甚至比后者要更为重要。其作品涉及主题广泛，包含了历史、移民、种族关系、宗教、记忆、性别、权力、边疆和奇幻等，讲述了由墨西哥去到南加州的墨西哥裔美国人的经历，呈现了墨西哥裔共享的历史与文化之根，并以丰富的想象力预测了墨西哥移民文化未来在美国多元文化环境下的发展趋势。2007年，莫拉利斯荣获路易·里尔奖①，颁奖者马里奥·加西亚（Mario Garcia）称其为"奇卡诺文学真正的开拓者，书写奇卡诺经历的作家中，最卓越有力、最具有创造力的作家中的一位"[67]。

《制砖的人们》是莫拉利斯的第一部英语小说，体裁属于家族历史小说的类型，讲述了代表白人资产阶级的西蒙斯家族与代表了奇卡诺工人阶级的雷韦尔塔斯家族长达半个世纪的纠葛。莫拉利斯以自己的父母为原型，塑造了奥克塔维奥·雷韦尔塔斯和娜娜·德里昂两个主要人物，小说主线记录了二人在20世纪初期逃离革命战火纷飞的墨西哥，来到南加利福尼亚谋生，并在砖厂相识相恋，经过几十年的艰苦奋斗，终于在50年代时全家扎根美国的故事。莫拉利斯将19世纪末至20世纪中期的许多历史事件穿插在故事情节中，表现了大的历史事件对个人历史的影响，比如，1906年旧金山大地震后，城市重建对建筑材料需求的激增给西蒙斯家族的生意带来了巨大商机；

---

① 路易·里尔奖的设立是为纪念奇卡诺文学终身成就奖得主、知名学者路易·里尔，并表彰在美国拉美裔文学研究和创作领域做出突出贡献的人士。

1910 年的墨西哥革命导致了大批墨西哥移民涌向美国,奥克塔维奥和娜娜就是随着移民潮来到美国,大批移民的到来也造成了社会主义与共产主义思潮在美国西南部的传播,为后来墨西哥裔工人团结起来对抗工头和资本家的剥削埋下了种子;1929 年大萧条和 1933 年长滩地震后新型建筑材料的发明都对传统的制砖业造成了冲击,西蒙斯家族产业蒙受打击;二战爆发后,大批墨西哥裔男子参战,种族荣誉感得到提升,但是佐特服暴动①的发生让白人和拉美裔之间的矛盾日益尖锐,走出砖厂的墨西哥裔也感受到了美国社会对有色人种的歧视。莫拉利斯在现实与虚构的交织中,勾勒出了加州城市经济和社会转型的历史演进,并书写了墨西哥裔移民如何被白人资产阶级当作廉价劳动力剥削,如何努力争取美国社会的接纳,以及如何在陌生的土地上寻求归属感与认同感的艰难历程。

《布娃娃瘟疫》共分三卷,每卷均采用第一人称叙事,但分别以历史叙事、现实主义和奇幻叙事的手法展开,横跨 18 世纪末到 21 世纪末近四个世纪的时间。小说第一卷的故事发生在 18 世纪末期的墨西哥,讲述者是一位西班牙王室御医格雷高利奥·雷韦尔塔斯。他在 1788 年墨西哥殖民地爆发了一场席卷各地的瘟疫后,被国王派往墨西哥对瘟疫进行防治工作。五年后,瘟疫终于自行消失,格雷高利奥决定留在墨西哥,但他改变了巩固西班牙帝国殖民统治的初衷,决心在新大陆为墨西哥人服务,创造一个"更好的世界,更好的墨西哥"[68]。第二卷的故事发生在 20 世纪 70 年代的洛杉矶,讲述者是一位名叫格雷戈里的墨西哥裔外科医生。他与一名患有白血病的女演员桑德拉相恋,但不幸的是,桑德拉在多次输血的过程中感染了艾滋病,在由受人爱戴的演员变成了备受歧视的疾病患者。在格雷戈里的陪伴下,桑德拉来到墨西哥,尝试接受印第安的传统疗法,但最终还

---

① 佐特服暴动是 1943 年 6 月 3 日至 8 日发生在加利福尼亚洛杉矶的,驻扎在南加州的美国军人与年轻的拉美裔之间的一系列暴力冲突。

是离开了人世。第三卷的叙述者是第二卷格雷戈里医生的孙子，名字也叫格雷戈里。故事发生的虚拟时空具有明显的奇幻色彩，是21世纪下半叶一个叫作拉美克斯（LAMEX，该词是洛杉矶和墨西哥两词的缩写）的地方。拉美克斯的空间维度一共被分为三层：富人居住的"上层生活区"，墨西哥裔和华裔居住的"中层生活区"，以及监狱演变的、居住者主要是罪犯的"下层生活区"。拉美克斯受到人类废弃物的影响，环境日益恶化，所以当下层区发生瘟疫，疾病迅速传染开来，造成了成百上千人死亡。医疗机构对此束手无策，直到从事医学生物环境遗传学研究的格雷戈里发现纯种墨西哥人的血液具有治疗效果，最终帮助众多病人痊愈，世界得以恢复正常。《布娃娃瘟疫》的三个部分都与瘟疫的主题相关，瘟疫是作家"对人类制造瘟疫和英勇消灭瘟疫的矛盾能力的跨历史比喻"，将不同的历史时空串联了起来[69]83。虽然在不同的历史阶段出现的瘟疫种类不同，但是它们具有相同的隐喻功能并揭示了一个共同的主题：瘟疫的发生往往是由于人们所处的社会在其发展或转型的进程中出现了问题，这些问题可能是来自道德层面，也可能是政治层面，又或者是生态环境的层面。

在《布娃娃瘟疫》的跨历史性表达中，生命政治和权力／知识网格的结合在三个不同历史维度的国家治理中得到了充分体现。在福柯的生命政治理论构境中，他将18世纪现代民族国家的形成与生命政治对人口的整合、提高和管理联系起来，认为民族国家统治着人民的生活，创造了国内外安全、经济增长和文化认同的幻影，以换取权力、金钱和某些特权；此外，将他者定义为或者投射为国家的潜在威胁，这在民族社区的话语建构中起到了至关重要的作用。因此，国家话语在建构的过程中，为了保证人口总体的"纯洁"，定然会将以种族、性别、年龄等标准划分出的边缘群体排除在外。小说第一卷中，西班牙殖民者对瘟疫的应对不力和墨西哥城市的卫生管理落后与社会道德沦丧，表明了西班牙帝国殖民者生命政治治理能力的有限，而御医格雷高利奥则代表了西方理性与科学话语对生命政治治理的介入,他试图建立起来的一系列综合治理瘟疫手段对应了生命政治监视、整合与提高人口的各类权力装置与部署;第二卷中,桑德拉作为艾滋病患者,被生命政治权力话语划归为"贱民",成为人口治理过程中被生命权力压制和消除的对象。然而,莫拉利斯通过桑德拉前往墨西哥寻找民间药师治疗的经历,描写了墨西哥文化对待疾病和患病者完全不同的态度和其中所反映出的不同的生命观与生存哲学,揭示了在生命政治的宰制下,个人如何在文化心理层面获得抵抗生命政治权力话语的力量;第三卷中,莫拉利斯构架了一个未来主义的异托邦世界,并借此想象和描摹出美国多种族社会的未来图景。叙述者在对历史的回看中发现南加州的社会发展始终没有摆脱种族和阶级的影响,国家政治机器始终在遵照生命政治的治理逻辑运行,反移民话语依然在起着建构和排除他者的生命权力机能。

《死亡纵队长》取材自作者舅舅罗伯特·康特拉斯罹患和治愈结核病的真实经历。小说以二战后期和冷战初期为时代背景,围绕墨西哥裔结核病患者,讲述了发生在南加州橄榄景疗养院的一系列悲情故事。小说呈现了生命政治在对作为生物体的人口进行治理时,为确保人口整体安全和质量,通过生命权力运作装置,对个体身体进行的介入和规训。同时,莫拉利斯采用文学想象和历史编纂的手法揭露了美国少数族裔曾作为活体实验素材被现代医学利用,凸显了生命政治与种族主义的内在关联。另外,在故事情节向前推进的过程中,莫拉利斯还通过历史故事的穿插,将结核病自希波克拉底时代至二战后治疗手段的发展谱系一一呈现在了读者面前。小说主人公罗伯特在应征参加二战时,体检查出他患有结核病,其后他被送到了橄榄景疗养院。在结核病反复的发作和康复过程中,罗伯特在橄榄景度过了几年的时光。在那里,他得到了一位神秘的法国女医生的救治,但同时他也发现这位女医生在许多墨西哥裔移民身上做着非法的药物和人体实验;他与一位美丽的少女相恋,但眼睁睁看着爱人死在了手术台上。借由罗伯特的个人经历,《死亡纵队长》还原了结核病对南加州墨西哥社区的影响；通过对结核病治疗历史谱系的梳理，小说进一步探讨了几千年以来疾病对人类社会行为的影响甚至塑造。同时，小说描写的白人医生借医学发展之名施加在少数族裔身上的暴行，凸显出二战之后美国医学实验室与纳粹集中营的生命政治同质性。

《天使之河》延续了《制砖的人们》的家族历史小说的写作模式，讲述了种族背景不同的里奥斯与凯勒家族的故事，以及百年来洛杉矶城市建设与发展的历程。作为墨西哥印第安人的里奥斯家族，其家族史与洛杉矶河有着密不可分的关联。小说故事开始于 19 世纪中期，当时洛杉矶还是墨西哥领土，里奥斯家族与洛杉矶河形成的是印第安文化中，人与自然之间朴素的、和谐共处的亲密关系。美墨战争结束后，洛杉矶成为美国领土，顺应社会生产关系的变化，里奥斯一家开始了从农民向资本企业家的转变，由一开始提供摆渡服务发展成为商业化运作的河流运输公司。之后，又成立了桥梁建设公司，修建横跨洛杉矶河的桥梁。里奥斯家族与河流的和谐共生关系逐渐转变为对河流的利用与改造关系。然而，桥梁规划与建设的背后，却潜藏着权力关系对城市空间的划分和对每个区间功能的规定，带有明确的生命政治特性，即在人口的空间分布中加入种族的因素，优等种族与劣等种族通过桥梁的分隔线作用被加以区分。里奥斯家族虽然在商业上取得了巨大成功，跻身资本家的行列，但墨西哥印第安人的血统使他们依然承受来自生命权力的压制和迫害。而这种压制与迫害集中体现在了年轻一代阿尔伯特·里奥斯与露易斯·凯勒之间的爱情悲剧上。露易斯的叔叔菲利普对有色人种的偏见以及他所信奉的社会达尔文主义和"优生论"，使得他丧失理智后谋杀了阿尔伯特。极端种族主义驱动下的生命政治将白人与有色人种之间的通婚与融合视为对白人血统纯正和人口安全的威胁，而所谓"优生学"对人种"优质"与"劣等"的夸大成为边缘群体被消灭的借口与依据。莫拉利斯借由这部小说表达了自己通过文学想象对以"优生论"为代表的生命权力话语的批判与抗议。

　　莫拉利斯的小说受拉美魔幻现实主义的影响,在对历史和现实的描述中均带有明显的奇幻色彩。《制砖的人们》开头便提到了有关堂娜埃乌拉里亚的传说:170 岁的堂娜埃乌拉里亚死时预言自己将变成土地里的昆虫永远不会离开她的土地,而她死后身上爬满的褐色昆虫成为小说中代表死亡的意象多次出现;《布娃娃瘟疫》中,一位名叫达米安爸爸的老人和一位名叫格雷戈里的年轻人如"计算机幽灵"般可以随意在过去、现在、未来三个不同的时空穿梭;《死亡纵队长》中,罗伯特结识了一位从事巫术的墨西哥裔女子,集结在她周围的洛杉矶贫民上演了一场恶魔崇拜的魔幻大戏;《天使之河》中,莫拉利斯则借用了印第安神话中"蜥蜴人"的传说,让"蜥蜴人"救起被洪水冲走的里奥斯家族的索尔叔叔,并赐予了他通晓动物语言和在水中生活的神奇魔力。莫拉利斯通过将墨西哥文化元素融入自己的小说创作中,彰显了作家自己墨西哥裔的文化身份,实现了他借由文学书写表达文化与政治诉求的目的。

第三节　文学想象与历史编纂:《死亡纵队长》中的 生命政治书写

　　莫拉利斯出版于 2008 年的《死亡纵队长》涉及疾病、医学、种族、人体试验等话题,在审视生命与权力关系的过程中,呈现出一条生命政治的隐秘线索。米歇尔·福柯于 20 世纪 70 年代后期提出生命政治学的历史观念,指出生命政治是"一种始于 18 世纪的行为,它力图将健康、出生率、卫生、寿命、种族等问题合理化"[70]。生命政治是一种旨在对人口进行调节、干预、整合与提高的现代政治技术,改变了国家对于生命的治理目标和手段。《死亡纵队长》以 20 世纪中期的美国为故事背景,聚焦政府、社区和公共卫生机构对结核病的综合治理,体现了隐匿在现代国家治理术背后的生命政治逻辑,书写了墨西哥族裔群体和个人在生命权力场域中无法挣脱的生存险境。本节意图从生命政治对人口整体安全的维护和提高,对生命个体的规训和压迫,以及它与种族主义的内在勾连这三个角度解读《死亡纵队长》,进而揭示在生命政治的治理过程中,弱势群体往往会因其边缘性和被支配性而成为生命权力运作的牺牲品。

　　政治性和族裔性是莫拉利斯选择历史题材时首要考虑的问题,因而他的历史小说创作基于社会现实,体现了当代奇卡诺作家的社会责任感与政治担当。莫拉利斯在历史叙事中行使其话语权力,书写墨西哥裔的群体记忆和创伤,为的是让那些曾对美国社会做出贡献的底层墨西哥裔被人们重新记起和认识。早期作品《制砖的人们》取材于作家上一辈人在洛杉矶艰难立足的经历,"通过讲述自己家族的历史,重构早期墨西哥移民生活史,同时也强调了墨西哥人对美国特别是南加州的发展和繁荣做出的贡献"[71]45。美国社会阶层间的矛盾冲突,劳动阶级遭受的剥削与压制也在历史的重构中得以再现。《布娃娃瘟疫》的灵感则来自一场关于墨西哥殖民时期医疗状况的报告。小说涉及瘟疫、艾滋病和环境污染,与"种族偏见、种族压迫、种族歧视以及剥夺人权的问题交相呼应"[72]100。在这部小说中,莫拉利斯以魔幻现实主义手法带领读者穿梭于三个不同的历史时空,体味殖民时期墨西哥的文明困境,反思当代美国的社会、种族问题,并大胆想象白人和墨西哥人在未来世界的关系和牵绊。作为"奇卡诺新小说的先锋作家",莫拉利斯在其小说作品中渗透了强烈的历史意识和当代指涉,并以此表达对墨西哥族裔未来命运的深切关注[65]384。

《死亡纵队长》延续了莫拉利斯历史小说的叙事风格,将历史编纂与文学想象结合,重现了美国二战后期和冷战初期一段被大多数人遗忘的历史往事。彼时,战争的紧迫性和共产主义的"威胁",使美国医学界加入了"一场资金充足、高度协调,面向其一线战队的科学战役"[18]43。医生群体迫于巨大压力,誓要消灭危害美军战斗实力和国民整体健康的流行性疾病,譬如结核病、麻疹、肝炎等。由此,新药物和外科手术人体实验的需求越来越大。医生将医学伦理抛在一边,在"监狱、精神病院甚至孤儿院"等公共收容机构大肆搜寻适合的实验对象[18]43。在南加州,许多贫穷、无知的墨西哥裔也被诱骗成为"人类豚鼠",其肉体和精神饱受摧残。然而,这一冷酷的现实被当时战争的迫切需求和美国医学的急速腾飞遮蔽,并随着时间的流逝逐渐被大多数人遗忘。莫拉利斯本着严谨的创作态度,基于大量史料和他舅舅罗伯特·康特拉斯(Robert Contreras)的亲身经历,以文学叙述再现了南加州 20 世纪四五十年代的社会风貌,结核病曾给洛杉矶奇卡诺社区带来的诸多影响,以及政府和疗养院等公共卫生机构对结核病的综合治理。特殊时代背景下墨西哥裔结核病患者成为医学实验素材的苦难遭遇,生命政治治理给弱势群体带来的侵害在莫拉利斯笔下得以细致呈现。

小说的故事主线讲述了主人公罗伯特·康特拉斯罹患结核病后跌宕起伏的人生经历。他曾是一位充满朝气的墨西哥裔男孩,梦想和四个哥哥们一样参军,"时刻准备为美国而战"[73]8。然而,罗伯特在征兵体检时查出结核病,被军队拒之门外。为治疗疾患,他来到橄榄景疗养院(Olive View Sanatorium),并意外发现那里的许多墨西哥裔患者成了新药物和手术的试验品,他们的健康和生命被白人医生刻意无视和践踏。为治愈结核病,罗伯特决定冒险接受外科手术,让医生"摘除被结核病菌感染的两条肋骨"[73]157。手术成功,罗伯特赢得了与命运抗争的胜利,并带着对医学伦理和医生功过的巨大困惑黯然离开了橄榄景。莫拉利斯借由罗伯特事件亲历者和幸存者的身份,以第一人称叙事的手法为那些悄然死于药物不良反应和外科手术试验的人们发出生命的哀鸣与呼喊。

　　莫拉利斯在小说中对橄榄景疗养院的构建也体现了他擅于将真实的历史资料与虚构故事结合的一贯风格。真实历史空间维度下的个人虚拟叙事消解了官方叙事对底层弱势群体的消声和压制。故事的主要发生地橄榄景疗养院开办于 1920 年,曾是南加州集中隔离和治疗结核病患者的地方。作为加州公共卫生机构的一个分支,橄榄景疗养院对整个加州的疾病控制和社会安定曾起过积极作用。但在二战后期和冷战期间,应政府和军方的要求,橄榄景疗养院的医学团队把少数族裔作为实验素材,进行了大量的非治疗性活体实验。随着结核病治愈手段的完善,对疗养院的社会需求日益减少。同时,医学界逐渐从狂热中清醒,人体试验的伦理规范也得到越来越多的重视。在这样的背景下,橄榄景疗养院逐渐衰落并最终被人遗忘。作者在《死亡纵队长》中重新建构了这段历史,让业已成为废弃建筑的橄榄景重新进入读者视野,并围绕主人公罗伯特勾画了众多被边缘化的墨西哥裔美国人。这些小人物在橄榄景疗养院这个"与洛杉矶保持适当距离""与世隔绝的社区"里[73]68,挣扎在疾病和欺骗带来的伤痛中,为医学做着不为人知的贡献和牺牲。

　　莫拉利斯的历史小说视野广阔,在族裔书写之外,同时关注人类共同体的生存。"以历史为基础,书写的是过去,观照的却是当下,甚至是未来"[66]58。《死亡纵队长》的书名取自 1680 年约翰·班扬(John Bunyan)创作的诗歌《巴特曼的生与死》(*The Life and Death of Mr. Badman*)。"死亡纵队长"所指即当时作为人类疾病之首,致死率极高的结核病。莫拉利斯在主线故事的推进中穿插了一些介绍结核病历史的文章,从而借助众多历史人物和代表性事件,勾绘了希波克拉底时代到第二次世界大战这一漫长进程中结核病诊疗的谱系,书写了人类对抗结核病的血泪历史。虽然世界各国多年来一直致力于结核病诊疗手段的完善,但始终没能彻底消除这一全球九大致死疾病对经济和社会发展的严重影响。在《2017 全球结核病报告》中,世界卫生组织指出,"总体而言,结核病给全球人民带来的负担仍然很重,消除该疾病的进展速度不够快,难以达到目标"。据估计,全球每年新发结核病患者 880 万例,其中传染性结核病患者 390 万例,每年因结核病死亡的患者约 200 万人。莫拉利斯在小说前言中明确写到,"新千年伊始,拒绝消失的结核病许诺要以最不可思议的形式,出现在最意想不到的地方"[73]3。在与结核病抗争的过程中,致力于人口和健康管理的生命政治曾给弱势群体的生命造成过巨大的伤害和苦痛。莫拉利斯借用昔日事件的血泪教训为未来人类生命的治理提出了必须正视的警告,以此避免错误和悲剧的再度发生。

《死亡纵队长》中,国家政治通过权力机构联合医学的发展,对人口健康和安全展开治理,并在"机制"的作用下,实现对生命的精准控制。二战期间,为保护美军海外战斗人员的作战力,政府在征兵时采用 X 射线和痰涂片镜检,严格筛查并禁断结核病患者进入军队人口的流动。罗伯特就是在参加征兵体检时,因痰涂片镜检呈阳性被确诊患有结核病。随后,政府公共卫生机构给他的父母寄来结核病人家庭护理手册,里面详尽介绍了结核病的家庭护理、隔离和消毒等卫生要求,并提醒"结核病是一种严重的传染性疾病,必须认真应对"[73]13。结核病患者及其家人对检查和治疗的配合已不再是个人选择的问题,而是法律条文规定下的公民义务。生命技术的发展使得"司法制度愈来愈被整合到一连串发挥调整作用的(医疗的、行政的……)机构之中"[70]93。就人口这一维度的生命政治而言,国家治理的最终落脚点永远是整体人口的安全。"生命权力所关注的人口问题归根结底是要确保人作为物种、作为生物的延续的问题,它要追求人们的健康以及社会的安全"[74]65。因此,致力于生命维护和提高的政治形式,成为现代国家的常见配置和宏观治理的必然手段。

在人口整体治理过程中,为保障健康人群的安全,"机制"将罗伯特这样的传染性疾病携带者视为威胁社区公共安全的危险分子,并将其纳入生命权力的宏观运作。福柯在《性经验史》第一卷提到,"以对生命负责为己任的权力需要连续的、调整的和矫正的机制。它不再让死亡在最高权力范围内起作用,而是把生命纳入一个有价值和实用的领域之中"[62]93。应对传染性疾病的现代国家权力"机制"即包括医院、社区卫生机构和疗养院等"装置"。其中,专业疗养院在治疗和阻断结核病的传播方面可谓作用巨大,是遏制人口死亡的一种较为巧妙、合理的安全"装置"。罗伯特因为前期治疗未见成效,最终被在结核病治疗方面享有盛名的橄榄景疗养院接收,开始了长达数年严格系统的治疗。橄榄景疗养院是当时加州"最好的疗养院之一"[73]45,其成立就是出于人口治理的整体考量,为结核病患者提供科学、规范的治疗,"在最短的时间内让尽可能多的患者恢复劳动能力"[73]71,保证有足够的人口参与社会经济建设。同时,结核病患者作为传染源被隔离在疗养院中,南加州人口的整体健康和安全可以得到保障。它的存在还能够"让公众警觉结核病传染的危险性并了解结核病的预防手段"[73]71,避免结核病的大规模爆发。

在人口整体维度之外,个体身体的维度也必然存在于生命政治之中。生命政治治理尽管以作为整体的人口为对象,但在保护人口整体安全的操作过程中,必须对存在于健康人口之外的"特殊个体"进行规训。这些个体是指对总体人口安全形成威胁的"例外之人,有缺陷的人,以及各种各样的异常者"[75]50。然而,"正常"与"异常"都具有明显的建构性,要在"正常"与"异常"之间做出区分,需要一套话语和知识体系的运作。现代知识的生产,推动了这种区分话语的发展,在医学和生物科学方面表现尤为突出。"医学必定作为公共卫生学介入,医生必然成为分担权力的技师"[74]71。然而,医学的介入又无法不受到知识和技术手段等历史和现实条件的限制。虽然莫拉利斯刻画的第一位历史人物希波克拉底早在古希腊时期便详细记载了肺结核的病症并认识到结核病的传染性,但在希波克拉底之后到 19 世纪中期,小说中所选取的历史人物和事件无一不在表明,尽管人类一直没有放弃寻找有效控制、治疗结核病的方法,但是科学和技术的落后限制了人们对结核病的认识,更无法形成一种有效的机制来预防其大范围的流行。事情在 19 世纪末发生转机,科学技术的进步带来了结核病早期诊断的突破性进展。1882 年,柯霍利用染色技术发现了结核菌,并确认了其传染性。1895 年,伦琴发现了 X 射线,使结核病的早期精确诊断成为可能。这些结核病诊断史上的重大事件不仅在小说中有细致的描写,其对社会现实生活和个体命运的影响也分散和隐藏在小说故事主线的展开中。国家公共卫生机构在军队、社区、学校、企业的结核病筛查改变了许多人的生活和人生轨迹。一张痰涂片镜检单或是 X 光片足以把一个人划为不正常的人之列。X 射线、显微镜、细菌学等共同建构了一整套医学话语机制并明确了结核病患者的差异性,从而使他们沦为福柯意义上的"例外"。此时生命权力就必须通过医生和疗养院的介入,对这些生命个体实施"规训",以维持这套话语机制的进一步顺利运作,进而确保人口整体的数量和质量。

在生命权力机制的运作面前,个体的力量是非常微弱的。个人无法拒绝权力机制对其生命的评估和等级化,更无力抗拒生命权力以群体利益为由,对其采取的排斥和隔离措施。因为与群体利益相比,个人诉求就显得微不足道了。和罗伯特同住一个社区的 12 岁男孩丹尼在学校被查出结核病。警察在第二天就来到丹尼家,为防止反抗直接"给他的父母戴上手铐",之后强行将丹尼带离。小男孩在被送往结核病专门医院之后,"一直在哭",没几日便死在了医院[73]15。而罗伯特在征兵体检时,因为痰涂片镜检呈阳性,被军队拒之门外,参军的愿望瞬间破灭。确诊结核病后,被政府勒令前往指定的结核病治疗与康复机构强制隔离。罗伯特回想起丹尼从学校回来坐在门廊上害怕抽泣的样子,心中郁结难解:"全因为得了该死的结核病,你就必须离开而且再也不能回来。这和战争还不一样,因为参军会让你变成重要人物。作为士兵,人们会敬重你。而得了这病,你就只能是家人、朋友和街坊邻居的负担"[73]15。结核病的传染性和大范围流行的潜在风险使得患者被置于"健康"的总体人口之外,无法在与群体利益的对抗中掌控自身的命运。对于刚刚被诊断出结核病,对这个疾病还没有太多认识的罗伯特来说,被群体排斥和疏远使他茫然痛苦。而对权威的必须遵从和无力逃避,患病后与家人和社区的被迫分离和隔绝,比疾病本身更加让他感到恐惧和无所适从。

　　同时,医院、公共卫生机构和疗养院等生命权力运作的"装置"对病人身体的监管,是生命权力对个体生命进行介入和直接规训的技术手段,所行使的是一种"旨在提高生命价值、优化生命过程"的职能[76]112,目的是为了驯服人口整体中的偶然性因素。小说中,橄榄景疗养院具体演示了生命权力对个体生命直接规训的运作模式。病人在接受系统规范治疗的同时,每天要摄入营养充足的"好的食物",呼吸"大量的新鲜空气",进行"体育锻炼"以增强体质、对抗顽疾[73]83。身体状况较好的病人必须遵守严格的作息时间以保证充足的卧床休息,各项例行事务要按要求定时定量完成。纪律成为一种支配人体的技术,"规定了人们如何控制其他人的肉体,通过所选择的技术,按照预定的速度和效果,使后者不仅在'做什么'方面,而且在'怎么做'方面都符合前者的愿望。这样纪律就制造出驯服的、训练有素的肉体,'驯顺的'肉体"[77]。罗伯特敏锐地感觉到自己和病友在肉体和精神上被一种无形力量规训和控制:"我们被训练着放松每一块肌肉,甚至停止思考,清空头脑,并且尽可能在精神和实际行动上认可卧床休息的重要性"[73]85。因为相信休息和锻炼能帮助自己早日康复,罗伯特严格遵守日常惯例,成为医生眼中的模范病人。但他常常告诫自己不要轻易"停止思考",更不要完全陷入机制的控制,成为一个丧失全部自由的"奴隶"[73]85。正是由于这份清醒,罗伯特能够发现隐藏在疗养院背后的丑恶,积极理智地选择和掌握自己的命运,最终康复出院并回归正常形式的生活。

　　小说中,橄榄景疗养院中的医学研究所在少数族裔患者身上实施的医学实验,虽打着保护、扶植生命的旗号,其背后的生命政治逻辑却与种族主义天然地媾和在了一起。"在人类的生物学连续(continuum)中,出现了种族,种族的区分,种族的等级,某些种族被认为是好的,而其他的相反被认为是低等的,这一切将成为分裂有权力承担责任的生物学领域的手段;在人口内部错开不同集团的手段"[78]。当生命权力面对"哪些人必须活"与"哪些人必须死"的问题时,那些"不洁的、低贱的、退化的"劣等种族就完全可以被高等的种族合法、正当地除去[79]108。例如,二战期间数百万犹太人被宣传为威胁生命的瘟疫或鼠灾并被送往集中营。以"种族卫生"和保证"雅利安人"的繁衍为名义,近 600 万犹太人被处死,希特勒的"血统神话成为人类有史以来最大的屠杀"[62]97。而在小说中,对少数族裔的"屠杀"则悄然发生在位于橄榄景疗养院后山的研究所。这个阴森可怖又神秘的地方与拥有生命治理权力的政府和军方有着密切合作。以迪摩尔为首的医生们,通过劝诱和欺骗的手段,招募了一大批墨西哥裔美国人,并在这些"人类豚鼠"上试验新药物和外科手术。这些"不识字"的人体实验者在"完全不知道自己会遭遇什么"的情况下,"签署了弃权书"[73]222。他们喝下各种不明化学药物甚至是放射性物质,或是躺在手术台上接受各类非治疗性的外科手术。非原生北欧日耳曼血统的墨西哥裔、非洲裔等少数族裔被迪摩尔医生之流视为低等的种族,他们作为弱者的生命得不到应有的尊重和珍视。虽然在橄榄景研究所里进行的人体试验是以科学研究、为全人类谋福祉为名,但试验本身对生命的蔑视和戕害使得这个研究所和集中营的毒气室、尸体解剖室、焚尸炉并没有什么实质上的区别。

莫拉利斯通过几个次要人物的刻画,进一步暗指这一事实:二战期间及冷战初期的美国医学界与德国纳粹一样,对弱者的生命犯下了同样可怕的罪行。《死亡纵队长》在历史事实和虚构想象的融合中,展现出生命政治治理逻辑在二战时期的德美两国有着跨越空间的一致性。小说中有两位身份、背景不同,但经历却非常相似的人物。一位叫梅尔·舍恩伯格的犹太裔男孩是奥斯维辛集中营的幸存者并患有严重的肺结核,另一位是住在贫民窟的年轻墨西哥裔孕妇洛林·索利斯。梅尔在集中营被纳粹"死亡医生"门格尔选为引导员,每天将犹太裔同胞带往操作室接受门格尔实施的药物"注射死刑"[73]213。而洛林则被橄榄景的迪摩尔医生以"免费产前保健"诱骗,为研究所定期招募墨西哥裔孕妇参与放射性同位素试验[73]235。"死亡医生"门格尔在历史上确有其人。他曾是奥斯维辛集中营的希特勒冲锋队军医,在其手下先后有约40万被关押的无辜生命惨死,其中绝大部分是犹太人。而小说中虚构的迪摩尔医生,有传言说她是从德国逃亡到美国的"纳粹支持者"[73]223。拥有精湛技术,执着于人体试验的迪摩尔在橄榄景成为疯狂的"杀人者"。参与其放射性同位素试验的孕妇们,在喝下所谓的"鸡尾酒"之后[73]237,"有些人突然病得厉害,和腹中的胎儿一起死掉了。有些生下早产儿,但这些孩子都有严重的身体畸形,很快就夭折了"[73]274—275。事实上,作为"回纹针行动"的一部分,美国中央情报局在1945年将1600名原纳粹科学家秘密引进美国。而他们给美国政府做研究的回报就是被赦免曾为纳粹政府工作犯下的任何战争罪行。他们中很多人都有在集中营进行人体实验的经历,到达美国后仍在政府的资助下秘密进行医学和药学的人体试验。贫穷的、地位低下的美国少数族裔等弱势群体成为他们新的试验对象。莫拉利斯借用虚构人物迪摩尔和历史人物门格尔的对照,并通过小说文本和真实历史的互文,揭露了美国在20个世纪中期医学技术迅速腾飞的过程中,那段不太光彩并被政府刻意隐瞒的历史。

同时,无论是集中营的犹太人还是医学研究所的少数族裔试验素材,他们都被生命权力和种族主义共同拒斥在人口安全之外,被还原为意大利哲学家阿甘本意义上的"赤裸生命"。阿甘本在福柯生命政治思想的基础上提出了"赤裸生命"的概念,用来描述一种社会政治属性被剥夺而只剩下自然属性的生命状态。由于南加州特殊的历史、政治背景,以及墨西哥裔社区落后、混乱的社会状况,处于边缘的墨西哥裔虽然拥有公民地位,但其公民属性却可以被轻易割裂,从而更容易沦为"赤裸生命",成为暴力的潜在受害者。罗伯特第一次窥见研究所的骇人罪行是看到病友康斯薇洛·安泽在实验了三种新药后,药物不良反应让她不成人形的惨状:"她无法挪动右胳膊,因为右半身已经完全瘫痪了。左胳膊上插着好几根管子,脖子上也有一根,让她几乎不能动弹……身上长满瘀紫的脓疮;许多已经破裂,组织液混杂着血水渗了出来" [73]98—99。康斯薇洛是刚到美国的墨西哥移民,她"听不懂英语,在南加州没有亲人,没有朋友,更没人关心她的死活",是一个在医生眼中仅剩生物性内涵,可被任意宰割的,"完美的""赤裸生命" [73]97。因而,迪摩尔医生残害生命的行为,虽然在道义上与希波克拉底誓言所规约的医生职业道德完全悖反,也违背了基本的医学伦理,却不会受到任何法律意义上的惩罚。因为这些死伤于医学实验的墨西哥裔"赤裸生命",他们身上的保护层早已被生命权力以造福生命、改善生命的名义所褫夺。在生命政治视域里,医生和科学家如同行进在"唯有至高权力才可以进入的无主之地中" [2]214。

除此之外,莫拉利斯将视野延伸到疗养院之外,揭示了更加深层和隐蔽的社会历史问题:生命权力如果失控并在"例外状态"中被滥用,就很有可能成为种族主义和政治迫害的可怕帮凶。所谓的"例外状态",在阿甘本看来,"本质上是司法和政治秩序的悬置" [2]175,而这种悬置使得生命治理可以采用一些非制度化的方式进行。因为常态法律秩序被悬置,所以生命处于某种暴力或潜在暴力的威胁之下,随时可以被"一个掌握生死的权力"转化为"赤裸生命"并"无法挽回地暴露在弃置面前"[26]118。小说中，罗伯特病愈离开橄榄景疗养院时，正值美苏冷战爆发，国内罢工运动不断。麦卡锡主义应运而生，以反对共产主义为名头制造紧急的"例外状态"，并对政界、商界和学术界的民主进步人士进行大肆迫害。墨西哥裔社区也不可避免地受到波及。当时许多"组织罢工，反抗歧视、隔离和警察滥用职权"的奇卡诺民主进步人士，被视为激进的"共产主义者"[73]252。但是，卑劣的种族主义政客和大型资本主义企业苦于找不到他们所犯的实际"罪行"，于是联合公共卫生机构，利用结核病的传染性，强制隔离和驱逐这些"不听话，不安分"的墨西哥裔公民。罗伯特的朋友格拉菲罗·查韦斯就是其中的一位受害者。查韦斯因为组织抵抗铁路和电力公司对贫民区土地的巧取豪夺，被他们视为"眼中钉、肉中刺"[73]255。大公司们买通学校和护士，给查韦斯家的三个孩子做了 X 射线检查，结果显示有两个孩子得了结核病。查韦斯全家被强制做了身体检查，格拉菲罗和另外两个孩子的结果呈阳性。"县卫生局立刻宣布格拉菲罗·查韦斯一家为公共健康隐患，并获得法院指令将他们全部送往最近的康复机构。"[73]257一家人被各自分开拘押在同一所精神病院中，两年后才得以释放。格拉菲罗刚刚获得自由，又被驱逐到墨西哥，再也没能回到美国与家人团聚。在莫拉利斯的另一部小说《天使之河》中也出现过极为类似的情节。居住在唐人街的许多健康华人因为损害了洛杉矶白人社区的经济利益，被当作结核病患者或疑似患者强行送往医院的传染病病房，之后又被关进了疗养院。"他们中有些人在那里待了数年，有些人死在了那里。大多数人再也没有见到自己的亲人……"[80]这两部小说都影射了 20 世纪上半叶，在人为制造的紧急状态下，当白人特权阶级需要抢占少数族裔等弱势群体的土地、房屋等生存资源，或是消除种族剥削和压迫过程所遇到的反抗和伦理难题时，他们手中掌控的生命权力"机制"及其运行所需的一切必要"装置"，便会披着保障社区卫生、健康和安全的外衣悄然登场。生命政治滥用治理特权,借口阻断流行病的传播将所谓的"危险分子"置于政治和司法保护之外,对其强行控制、隔离和驱逐。

《死亡纵队长》虽然以结核病这一古老的流行病为主题,但莫拉利斯的意图绝非关注疾病本身这么简单。生命权力在治理人口整体安全和健康方面呈现的生产性与肯定性力量,使得人们赞扬医学的进步和治疗技术的突破,却往往忽视了为赢得这一切而做出牺牲的人们。莫拉利斯在《死亡纵队长》中,以他一贯冷静、克制的文风,向读者娓娓道来那段遗失在漫长岁月中的伤痛往事,为那些成为医学发展牺牲品的、默默无名的南加州墨西哥人唱一曲生命的挽歌。同时,疾病带给人类的痛苦和恐慌,生命的持存和延续,让人类越来越受制于生命政治的权力与话语,依赖于其所提供的诸种安全机制,服从于技术对生命的评估、干预、扶植、调节和矫正。进入 21 世纪以来,全球各种传染性疾病肆虐,其中广泛耐药肺结核病在很多地区更是卷土重来,成为严重的公共卫生问题。人类与疾病的抗争依然任重而道远。借由主人公罗伯特之口,莫拉利斯在小说结尾发出了意味深长的警示:"⋯⋯好的医学初衷可能会背道而驰;有时'科学家'也会变成疯狂的魔鬼"[73]279。莫拉利斯通过疾病书写和对医学伦理的拷问,明确表达了对整个人类生存和未来命运的深切关注。

第四节 桑德拉·希斯内罗丝：经久不衰的奇卡纳作家

在美国民权运动和女权运动的共同影响下，西语裔当代女性文学（也称奇卡纳文学）勃兴于20世纪七八十年代，并持续发展至今。桑德拉·希斯内罗丝作为该文学分支的领军人物，是当下最具影响力的西语裔女性作家之一。希斯内罗丝创作了多部文学作品，其中包括三部诗集《坏男孩》（*Bad Boys*, 1980）、《我恶劣的、恶劣的行为》（*My Wicked, Wicked Ways*, 1987）以及《浪荡的女人》（*Loose Woman*, 1994），三部小说集《芒果街上的小屋》（*The House On Mango Street*, 1984）、《喊女溪》（*Women Hollering Creek*, 1991）、《纯洁的爱》（*Puro Amor*, 2018），一部长篇小说《拉拉的褐色披肩》（*Caramelo*, 2002），三部儿童文学作品《毛发》（*Hairs/Pelitos*, 1994）、《布拉诺·布鲁诺》（*Bravo Bruno!*, 2011）与《你见过玛丽吗？》（*Have You Seen Marie?*, 2012），以及一部自传文集《芒果街：我自己的小屋》（*A House of My Own: Stories from My Life*, 2016）。《芒果街上的小屋》是希斯内罗丝的成名作，也是她最具影响力的作品。该书于1985年荣获美国图书奖，并于1988年入选《诺顿美国文学选集》，使希斯内罗丝步入当代美国经典作家的行列。《喊女溪》以多元视角呈现女性故事，获得兰南文学奖和美国西部笔会中心最佳小说奖。《拉拉的褐色披肩》等作品也在学界与普通读者群中为作家赢得了广泛关注。

希斯内罗丝于1954年出生于芝加哥的墨西哥裔聚集区，父亲是墨西哥人，母亲是墨西哥裔二代移民。幼年起，希斯内罗丝便跟随父母奔波于美墨边境，在多个西语区中度过了环境多变的童年，而这些经历在日后成为她创作素材的丰富来源。11岁时，希斯内罗丝随父母与6个兄弟定居在芝加哥的波多黎各移民社区，他们所居住的小屋与社区的独特生活在《芒果街上的小屋》得以呈现。在艾奥瓦大学写作班就读期间,希斯内罗丝第一次离开西语裔聚集区,并深刻体认到自己少数族裔无产阶级女性的多重边缘身份。这段时期的经历使她意识到族裔文化传统的重要性,加深了对自我身份的认同,并激励她开始寻找表达族裔女性经历的独特方式。大学毕业后,希斯内罗丝在芝加哥一所为辍学高中生开办的学校就职,之后又在洛约拉大学担任行政助理的职务,这些经历加深了她对西语裔青年生活困境的了解和洞察,并影响了她日后创作主题的选择。希斯内罗丝的创作生涯始于诗歌,尽管处女作诗集《坏男孩》的反响有限,却也可初窥其独特的语言风格和写作特点。其后,《芒果街上的小屋》的大获成功正式确立了希斯内罗丝西语裔女性作家的地位。

希斯内罗丝的创作呈现了处在美国社会边缘的西语裔移民社区的广阔图景,描写了移民群体的生活与文化,尤其关注西语裔女性的现实状态与心灵世界。她的作品"根植于以墨西哥裔为主的西语裔文化传统,深切关注性别、种族和阶级问题,传达出强烈的社会责任感和批判精神"[81]16。身为西语裔女性作家,希斯内罗丝的血液中渗透着民族精神文化的内涵,而她本人作为一名奇卡纳作家的成长与成功经历,也投射出该文学群体从饱经质疑到最终被主流文化认可并接受的艰难过程。在创作中,希斯内罗丝以族裔文化和她个人成长经历中的种种体悟为灵感,以鲜明生动的人物与超越传统的结构为载体,凭借诗化隽永的语言、极具张力的意象,探索了关于文化边界、性别、身份等丰富的文学主题,在美国族裔文学和女性文学占据了重要的一席之地。

希斯内罗丝的处女作诗集《坏男孩》描写了一系列压迫和虐待女性的男性形象,表达了希斯内罗丝对于女性群体境况的关注,其丰富的意象与清新凝练的语言彰显了希斯内罗丝的早期创作风格。这部诗集受到了墨西哥裔著名诗人加里·索托的关注,并被收入他主编的墨西哥裔诗歌集之中。1984 年,诗体成长小说《芒果街上的小屋》出版,该书包含 44 篇各自独立又紧密呼应的故事,以一位名为埃斯佩朗莎·科德罗的墨西哥裔小女孩的视角,描写了芝加哥西语裔移民区"芒果街"社区生活景象,并生动刻画了这一特定社会空间内形形色色的西语裔女性形象。埃斯佩朗莎性格敏感,极具观察力,芒果街的简陋环境和发生在街上的诸多故事使她意识到处于美国主流文化边缘的西语裔女性所遭受的歧视与压迫。在小说的扉页上,希斯内罗丝用西班牙语和英语注上了写作此书的目的——献给女性(A las Mujeres/To the Women)。希斯内罗丝将自我实现的愿望投射到埃斯佩朗莎身上,意在借文学为芒果街以及身处美国社会各个角落少数族裔女性发声。通过《芒果街上的小屋》,希斯内罗丝从女性视角出发,打破了男性成长小说的传统模式。小说中的女性书写对西语裔族裔身份的塑造有着重要意义,因其"以边缘的书写镌刻族裔经验,改造了族裔生存的空间"[82]273。

希斯内罗丝的第二部诗集《我恶劣的、恶劣的行为》以更具抒情性和感染力的笔法描绘了两性关系,表达了父权文化下女性对自由和独立的渴望。在墨西哥文化背景下,性别规范传统而严格,女性的性意识处于被严重压抑的状态,其自主权利与人格自由也受到多重限制。《我恶劣的、恶劣的行为》挑战了传统的性别规范,因为于作家而言,"对性欲的正视和接受是一种反抗压迫的政治行为,不论是种族的、性别的还是阶级的压迫。正视身体的方式构建了一种女性写作形式"[83]87。通过描写女性的欲望与"邪恶",诗集塑造了离经叛道的"坏女孩"形象,表达了女性脱离身体和精神限制的渴望。诗歌描写传神、简约却富有张力,以正面的写作视角抹除了传统对女性的负面刻画。希斯内罗丝的革命性写作解放了刻板的传统女性形象,为女性的自由与独立争取了空间。与前两部诗集相比,希斯内罗丝的第三部诗集《浪荡的女人》仍旧以爱为主题,但所指的范围更加宽泛,不只是局限于男女之爱。此外,语言更加口语化,结构更加松散,主题也更加大胆,表现出了更加灵活多变的创作风格。诗集中的女性形象更加坚定、自由地追求着身体和精神的解放和独立。主题诗《浪荡的女人》就描述了一个"野兽"般勇敢和无拘无束的女人,借助此形象,诗歌展现了"社会中有权力／力量的女性不受法律约束的状态,(她)所享有的自由和无秩序在奇卡纳身上释放"[83]101。

希斯内罗丝的第二部短篇小说集《喊女溪》同样聚焦于墨西哥裔女性,但描写的对象更为传统和典型,背景设定在墨西哥或美国墨西哥裔聚集区。全书包括 22 个短篇故事,展现了美国主流文化与墨西哥裔文化的双重背景下,拉美女性的成长经历。希斯内罗丝强调个体的多样性,刻画了性格和经历各异的女性角色,以"试图通过刻画尽可能多的、不同类型的拉丁裔美国人,使美国主流社会认识到拉丁裔族群的多元化"[81]17。尽管这些女性的性格和经历各异,但她们都遭受了以男权文化为核心的墨西哥传统文化的压制与掌控,有着较为相似的创伤和苦痛。希斯内罗丝深知拉美父权文化传统对拉美女性乃至整个民族都是沉重的桎梏,拉美女性在充满枷锁的环境中更需要坚定地认识和寻找自我,因此她试图借《喊女溪》表达对传统的反思以及对族裔文化的关切。作品一如既往地延续了希斯内罗丝诗意的语言和丰富的意象,同时改编和延伸了大量墨西哥文化传统中的神话传说、民间习俗及俚语,进而赋予其独特而崭新的内涵。

经过多年的打磨,希斯内罗丝的长篇小说《拉拉的褐色披肩》于 2002 年出版,在墨西哥历史和移民史的宏大背景下讲述了主人公拉拉的个人成长经历和家族历史。小说的主人公是一个名叫塞拉娅·雷耶斯的女孩,同希斯内罗丝和许多其他墨西哥裔美国女孩一样,她每年往返墨西哥城与美国之间。在与故乡的祖母的接触中,她逐渐知晓了家族几代人的生活经历,包括家族如何适应墨西哥社会环境的巨变和移民美国的艰辛历程,从而深入了解墨西哥的历史文化。作为墨西哥裔美国女性,拉拉具有双重身份,同时也是家族最年轻一代的代表。作为故事的聆听者和家族与族裔文化历史的继承者,拉拉从祖母那里继承了代表墨西哥文化的褐色披肩,身上也肩负了传承与发展的使命。石平萍指出,同希斯内罗丝的其他作品相比,《拉拉的褐色披肩》的表达的女性主义意识相对不突出,而是"致力于挖掘本族群的文化和历史本源,是一部倾注无尽热情和心血的寻根之作"[81]18。同时,不同的背景和经历也不可避免地造成了世代、性别间的隔阂,形成了家族内不同个体经历的独特意义。经由希斯内罗丝的笔触,书中经历各异、性格各异的不同人物,如祖父母、父母、拉拉及同父异母的姐姐等,展现了自己的声音和内心世界,共同构成了一幅丰富辽阔的墨西哥历史文化的万花筒式画卷。

希斯内罗丝的文学创作风格鲜明,具有极高的创新度。语言上,希斯内罗丝作品的双语化和诗化特点最为突出。作为双语环境下成长的族裔作家,希斯内罗丝继承了双语传统,在英语创作中融入西班牙语。明显的双语混杂性反映了她的双重文化身份。每种语言都有其独特的特点,对于西班牙语来说,它在语法和对微小事物的感受与观察上都不同于英语。希斯内罗丝将西班牙语比作英语的调料,"有了这些调料,新的味道也产生了"[84]。两种语言形成了奇妙的碰撞和反应,给希斯内罗丝的作品带来了丰富的意蕴和空间。混杂的语言特点反映了她自身的语言文化传统,同时也展现了不同文化间的冲突、融合以及作者本人的文化态度。在语言的冲突中,读者能够感受到墨西哥裔在"身处崇尚'高贵血统'和'纯净文化'的人群中时那种被拒绝、被排斥的尴尬而痛苦的处境"[85]136。在语言的互文中,不同的文化也实现了交融。民族的语言即是民族的历史和文化,对于处在边缘的墨西哥文化来说,这种双语写作是对主流文化的对抗,对族裔文化的传承,也是对自我身份的寻找。

此外,希斯内罗丝的诗化语言也为创作增色不少。诗化的语言富有表现力、韵律和丰富的意蕴,使得文字极具画面性和音乐性,构造了诗的意境。在《芒果街上的小屋》中,妈妈的头发就被诗意化地描述为"像一朵朵小小的玫瑰花结,一枚枚小小的糖果圈儿,全都那么拳曲,那么漂亮"[86]6。诗化的语言风格注重抒情而非叙事,注重心理而非环境,正如伍尔夫对于诗化小说的阐释,它"表现人与自然、人与命运的关系,表现人的想象和梦幻,这种想象近乎抽象的概括而非具体的分析"[87]49。希斯内罗丝运用诗化语言关注的正是这种想象,展现了她对人类,尤其是少数族裔女性的情感和命运的深切关注。

语言是叙述的载体,同样服务于叙述的还有希斯内罗丝独特的叙事手法。不同于传统的、连贯和直线式的叙述手法,像许多当代族裔作家一样,希斯内罗丝擅于运用灵活的片段式叙事来书写人物和事件。这种体裁既有诗和散文的艺术特色,又兼有小说的特征,因此也可称为诗小说,如《芒果街上的小屋》中的片段书写。这些片段看起来独立存在、描述着碎片化的一角,实则紧密相连、共同构建着完整的主题图景。片段讲述的故事看起简单易懂,背后却蕴藏着宏大的背景,所展现出来的只是冰山一角。短篇背后隐含的连接性和整体感使"这些故事能够像诗一样,精炼而抒情,给人以意犹未尽的感觉。"[88]通过片段式书写,希斯内罗丝展现了西语裔女性的现实生活和内心世界,她们的生活似乎就像片段,是由零散的时刻和事件拼接起来的。任文认为片段式书写象征着女性生活的支离破碎,这些片段"恰如其分地反映了墨西哥裔妇女生活的杂乱无章,支离破碎,缺乏逻辑性和完整性,生动而真实,朴实而创新"[85]136。禁锢在单一的环境下,女性的生活沉闷单调,日复一日,似乎丧失了完整的身份和意义,只有一些零散的瞬间留在记忆里。用具象化的片段式写作描绘女性的生活状态,希斯内罗丝的叙事手法生动且贴切。同时,这种打破传统叙事话语的书写也是对主流权威的反抗,"通过采用第一人称叙述和'碎片式'叙述解构宏大叙事,奇卡纳话语获得叙述的主体性,并控制了书写的主动权"[89]xv。

此外,希斯内罗丝的儿童叙述视角也值得关注。在多部作品中,希斯内罗丝都选用儿童作为主人公,借由儿童纯真质朴的视角展现了儿童眼中的世界,叙述着她们眼中的客观和真实。心理幼稚、思维跳跃——儿童的心理和思维特点导致了"情节的淡化和零散化",从而造成"叙述结构的单纯化和散文化",但却具有独特的叙述力量[90]107—108。一方面,未受文化和意识形态影响的儿童叙述不加修饰和评判,更加真实地反映出西语裔移民生活的种种挑战,如贫穷和疾病的考验、女性的痛苦和挣扎。另一方面,儿童有限的视角像是一面镜子,童真的描述和理解下反射出成人世界的残酷和冲突,尤其是少数族裔在主流社会中的矛盾、挣扎、无奈和伤痛。儿童是成人世界的边缘观察者,却可以反映出广阔的社会现实。随着儿童的成长,儿童视角的成熟与转变也呈现出少数族裔儿童在双重背景下的成长轨迹与心理转变。总的来说,希斯内罗丝的写作具有想象力和创新性,在技巧和美学上都达到了相当的高度,与主题的书写相辅相成。

希斯内罗丝的作品大都围绕着种族与女性的核心主题展开。在创作中,希斯内罗丝将视角聚焦于少数族裔女性的成长经验,探讨了诸如成长、文化边界、性别角色、身份追寻、种族歧视等话题。作为西语裔作家的一员,希斯内罗丝在写作中始终有一种集体意识。她对少数族裔女性群体的关注是深切的,不仅深入探索了传统文化的性别角色观念,并在此基础上进行了改写和重塑,以构建一种新的少数族裔女性身份。在传统的墨西哥文化中,非此即彼的二元对立价值观念根深蒂固,并且具有典型的男权主义特征。在这样的文化传统下,女性被粗暴地分割为代表圣洁的圣母"瓜达卢佩"形象与代表下贱的荡妇"马林奇"形象。正如希斯内罗丝所说:"我们是在墨西哥文化的熏陶中被抚养长大的,这种文化为我们准备了两个行为榜样:马林奇(La Malinche)和瓜达卢佩圣母(La Virgen de Guadalupe)。这是一条艰难的道路,要么学这个,要么学那个,没有中间的可能性。"[91]67意识到这种虚假的女性形象是为了巩固男性的统治地位,并且限制了女性的自我意识发展,希斯内罗丝重新书写了传统女性形象,并建构了崭新的女性形象。在她的修正式书写中，圣女不只是奉献牺牲的化身，同时也拥有追求独立的愿望。以《芒果街上的小屋》中的埃斯佩朗莎为典型，新的形象也被创造出来。她们身上融合了二者的积极因素，摒弃了消极的影响，无法被简单定义好坏，而是勇于追求自我独立的墨西哥女性。这一新形象的影响是巨大的，因为"她将建构一个父权制传统无法界定的女性自我，成为兼具独立自主意识和社会责任感的作家，担任西语裔族群，尤其是妇女的代言人和引路人"[92]29。通过重新刻画墨西哥文化中的女性原型，希斯内罗丝的女性书写帮助构建了西语裔女性的完整身份。

幼年频繁往返于美墨边境的经历和墨西哥、美国的双重文化身份使希斯内罗丝在作品中倾注了对边界主题的关注。边界"既是概念又是隐喻，指代墨西哥裔美国人处于文化罅隙之间的多重身份以及他们在美国的散居状况"[89]xi。拥有双重背景的西语裔移民并不完全属于任何一种文化，而是处于二者的边界地带，由此面临着自我认同和身份追寻的复杂问题。从《芒果街上的小屋》《喊女溪》到《拉拉的褐色披肩》，希斯内罗丝的书写聚焦美墨边境周围的人群，关注着墨西哥文化与主流文化的碰撞、冲突以及随之而来的影响。同时，边界的存在不仅带来了障碍，也意味着杂糅和整合，正如西语裔移民的文化状态。希斯内罗丝的大部分作品常被归类为成长小说，也正是因为其中探讨了成长中的西语裔主人公的找寻自我身份、确立双重的自我意识的过程。一方面，墨西哥的文化背景使主人公在与主流社会的接触中清晰地意识到自己的族裔身份，另一方面，主流社会在成长过程中对其潜移默化的影响又使她们重新检视本族裔的文化。因此，在这样的作品中"作家往往同时讲述'奇卡诺人的成长'和'成长为奇卡诺人'的经历"[89]xiv。

纵观希斯内罗丝多年来的创作，她始终致力于描写西语裔族群最真实的图景，改变长期以来主流文学中匮乏扭曲的西语裔形象，展现墨西哥的历史与文化内涵，以争取西语裔文学的话语权。同时，希斯内罗丝也深刻意识到族群内部女性的集体失语。因此，她致力于以独特鲜活的笔调展现西语裔女性饱受压迫和控制的现实，以文字发出女性的声音，并为女性开辟新的生存空间。作为成功进入美国主流文学为数不多的西语裔作家，希斯内罗丝的书写以其强大的感染力和生命力，为西语裔文学进入文学主流和经典开辟了道路。

第五节 《芒果街：我自己的小屋》中的自我与生命书写

《芒果街：我自己的小屋》(*A House of My Own*: *Stories from My Life*)是桑德拉·希斯内罗丝于 2015 年出版的一部自传作品。凭借此书，希斯内罗丝获得该年度美国国家艺术勋章(National Medal of Arts)。全书共收录四十余篇文章，其中多数为作者自 1984 年至 2014 年间发表于报纸杂志的文章、做过的主题演讲和文选撰稿，中间还穿插了几篇从未付梓的文章和信件。这些散文体的文章被希斯内罗丝称为"迷失在我视线之外的小羊羔"，是她年近六十，向读者"宣示真实生活"、对自我进行重新评价和形塑的一种方式，展现了作家对文学和人生的探索和体悟[93]14—15。

《我自己的小屋》与传统自传有着极大不同，并带有希斯内罗丝强烈的个人风格。与作家的成名作《芒果街上的小屋》极为相似，这部自传中的 41 篇小品文也是各自独立，没有遵循线性的时空顺序排列。从表面看，作品没有形成一体的递进和严密的逻辑，碎片化和拼贴等后现代手法更是让叙事脉络显得模糊不清。但不可否认的是，与其他自传一样，《我自己的小屋》符合自传的基本特质。其叙事目标和核心始终围绕自传主的自我书写与身份建构展开。在略显杂乱的形式中，希斯内罗丝以自己独有的手法，依照自传的传统，"给生活加以一个模式，从中建构连贯故事"，并在此过程中赋予了自我意义并实现了自我价值[94]。本节试图发掘《我自己的小屋》所具有的自传文体特征和传统，同时透过碎片化的文本信息，提炼出希斯内罗丝自我书写的主题和脉络，探讨作家如何通过漫游者的自我阐释框架，如何借他人书写自己，从而抵抗生命政治对其族裔身份与自我形塑的压制和束缚。

《我自己的小屋》虽形式上十分自由，体现了自传界限的开放性，但仔细看来，这部作品还是较为符合自传的界定标准。法国自传研究专家菲利浦·勒热讷（Philippe Lejeune）在《自传契约》中，对自传给出了一个基本定义："某人以自己的生活为素材用散文体写成的后视性叙事，它强调作者的个人生活，尤其是其人格的历史。"[95] 在此定义中，勒热讷对自传的语言形式、主题、作者情形和叙述者地位，明确了具体的指征。《我自己的小屋》虽然在形式上较为松散，文本信息稍显碎片化，但符合勒热讷定义的各项指征。书中收录的文章多采用散文体的叙事语言，所谈主题都直接或间接涉及个人生活及人格历史，绝大多数文章的作者、叙述者与主人公的身份保持了同一性。同时，每篇文章的写作时间都在事件发生之后，而且在每篇文章之前，作者又附加了一个前言，对文章写作时间、背景加以介绍，必要时还加上了对文章写作时自我意识的解释甚至矫正，这些都保证了叙述的后视性视角，从而提供了自传书写所必须具备的一定的审视距离。

在满足自传基本要素的同时，《我自己的小屋》也对应了自传作家意图构建真实自我的写作动机。这部作品出版时，距离希斯内罗丝凭借《芒果街上的小屋》一举成名已有近三十载。三十年间，《芒果街上的小屋》的读者时常会揣度希斯内罗丝是否就是小说里的埃斯佩朗莎，她所写的众多故事是否是她自己的亲身经历。在该书的引言中，希斯内罗丝写道：

> 我让我的记忆在这里呈现，它是宣示我真实生活，并把它和我的小说区分开来的一种方式，因为在那里，似乎有太多对我的假定和虚构。（例如有关于我死了的不真实谣传，就曾经在维基百科里报道。还有，不容含糊的是，我绝不像一份西班牙报纸描述的那样，是一个在蒂华纳卖淫的妇女，尽管它编造了一个动人的故事。）我还不如来写一部自传，此刻我以不带任何偏见的形式，好比为自己编织寿衣，我提供我的个人故事，作为记录我自己人生的一个方法。[93]3

在对待自传真实性这一传统问题上，希斯内罗丝的态度明确，在一开始就表明了整部作品处理事件的指向和内在核心：通过这样一个非虚构性作品,达到去除个人神话,袒露和解析真实自我的目的。诚如勒热讷所说,"公众认定自传是话语的一种私人形式,它被认定是一个真实的人的话语,这个人应该为他写下的文字负责,就像他为他的人生负责一样。"[95]因此,在自传的开端,希斯内罗丝就亮明了在自我阐释和认同过程中,自己作为自传作者而非小说作者的一种自知与自觉。

这种"自传契约"的订立,宣告了自我书写的真实性,但是不可否认,希斯内罗丝在选择和构架自传素材时,遵循了大多数自传作家都会遵循的原则,即让叙述尽量符合个人的价值判断和自我定位。书写自传的人,"总是有意无意地把对自己的叙述尽量符合自我的身份认定和道德评价,把叙述纳入自己的价值体系和思维模式"[96]201。"在自传中常常可以见到简约叙述和充分叙述的情况,作者对自己不愿意提起的事情或者是根本不提,或者是一笔带过,只做出简略的交代"。[96]294希斯内罗丝似乎更加注重内心真实的呈现,更为关注的是自己作为拉美裔女性作家的自然身份和社会身份的构建。因此,在她选取进入这部自传的文章中,我们似乎很难看到太多牵涉她个人生涯过于细节性的描述,对于她的成长经历和感情经历在多数时候是一笔带过甚至略过不提。但是,细节的模糊甚至缺失并不能抹消希斯内罗丝作为自传主的真诚和作品的真实性,因为作为自传主,她并不需要完全忠实于个人历史的精确性,进而将自己的一切全部和盘托出。《我自己的小屋》是作者努力看待和理解自己的生活之后的感悟,更是作者想要传达给读者的,她个人对记忆的解读与阐释。

此外,自传作品的对话性在《我自己的小屋》中也有明确的表征。作家现在的自我与过去的自我之间的对话,在两个时间维度上完成。其一,入选这部自传作品的每一篇文章所写时间都在所述故事之后;其二,作者置于每篇文章前的前言,作为副文本完成于自传的编选过程中。现在视角与过去视角之间的合力由此成为可能。每个人对自己过去的认识和评价总是变化的。因此,介于故事发生、每篇文章的书写以及前言书写之间的双重时间距离，使得作者能够在与过去的反复对话中重新审视自我并不断完善对自我的理解。例如，在《唯一的女儿》（"Only Daughter"）的前言中，希斯内罗丝对文章写作的时间和当时的感受做了如下描写："下面是我在一九八九年的那个长夜里起床写就的。我获得那些荣誉的提名，当时我感到吃惊，现在依然在惊异之中，要知道，它们可能是一个人死后才能获得的殊荣。从那个时候起，我就有所感悟：绝望只是进程中的一部分，而不是终点。"[93]86作家透过现在与过去的联通，将自己当下的体悟、反思和内省投射向了过去自我的经验世界，增强了自传文本后视性的叙事功能。

在全书开始的引言中，希斯内罗丝将自己比作荷马笔下的奥德修斯，有意识地建立起漫游者的自我阐释框架，在自我寓言化中讲述生活经历和人格历史，向读者暴露和解释真实的自己①。在自传书写中，自我寓言化铺设出的是一种自我语境，是作者自我成长历程中的精神产品，揭示的是作者给自我赋予的独特意义。在《我自己的小屋》中，作者漫游者的个人生活和人格历史的讲述遵循着奥德修斯式的行旅模式，打破性别、族裔和阶级限制的个人奋斗以碎片的形式逐一拼接起来。希斯内罗丝以独特的个人化的书写构建出其流动的话语空间，并铺设回家之路。

希斯内罗丝在《海德拉屋》（"Hydra House"）一文中记录了自己第一次真正意义上的漫游。二十八岁的希斯内罗丝"想成为一名作家，但除了旅行，不知道怎样来实现这个目标"[93]8。所幸，一笔写作奖学金不期而至。她带着自己未完成的书稿来到位于希腊的海德拉岛，并在那里开始了边写作边漫游的生活。漫游的起点始于希腊，对应了奥德修斯的神话背景。当时的她认为自己会是在家中守望丈夫归乡的佩内洛普。然而，多年后，当她的足迹延伸到美国本土、欧洲和南美

① 在荷马史诗《奥德赛》中，奥德修斯阔别家乡和妻儿出征特洛伊，十年的战争结束后，又在海上航行十年，历经磨难最终还乡。《奥德赛》开启了西方文学一个固定的行旅模式：出走他乡，辗转各地并历经奇遇后返回家乡。

的许多地方,强烈的自我意识在漫游过程中被唤醒并日益成熟。希斯内罗丝女性意识的觉醒和对于职业作家的身份诉求注定了她无法成为被动等待的佩内洛普,这一点在她最初离家时并不自知,她最终发现自己更像四处漂泊的奥德修斯,在长达三十年的"奇异旅行"中不断找寻心灵的归家之路[93]30。同时,奥德修斯的身份隐喻和漫游者的独特视角将其在多处漫游的经历串联起来,全书贯穿的行旅主题为专属于她的人生故事填充了丰富的个人意义。西方文学传统中的漫游者形象多以男性居多,而希斯内罗丝在自传中打破传统,将自我建构为摆脱束缚,获得主体自由的女性漫游者。通过三十年人生片段的筛选,作家回顾了自己如何通过空间延伸和社会移位,一步步打破性别、阶级和种族对其个体存在的界定和限制,从而获得自我个性的成长与发展。

希斯内罗丝在回忆父亲的文章中,对自己漫游者情结的源起做了说明。在某种程度上,父亲作为第一代墨西哥裔移民的离散心理促成了希斯内罗丝对于漫游的最初体验和认知。在《稻草变黄金》("Straw into Gold")一文中,她提到自己是从父亲那里"继承了他对漫游世界的爱好"[93]74。希斯内罗丝的父亲出生在墨西哥的中产阶级家庭,在美国学习期间被征兵入伍参加二战,之后获得美国国籍。战后,他被迫在美国定居。但是常常由于思乡情切,他会在匆忙中退掉在芝加哥租住的房子,携妻带子返回墨西哥老家。归来后,又不得不在各个奇卡诺社区辗转,四处寻找新的住所。希斯内罗丝六岁前,时常在美墨两国间穿梭,并跟随父母经历"从一个奇卡诺公寓搬到另一个奇卡诺公寓的漫游"[93]74。幼年的经历潜在性地形成了一种固有的行为模式,使得作家不抗拒也不惮于在跨越异质文化和不同边界的过程中,寻找并确立自我的身份认同,而这样的模式几乎贯穿了希斯内罗丝从离开出生地芝加哥,辗转一生到现居地圣米格尔的整个轨迹。而在希斯内罗丝对自己漫游动机的解释中,能够看出作家的每次"离开"都是以挣脱束缚为前提,表达了对现实秩序的某种不满与超脱。在一次访谈中她提到自己"与生活始终有种对抗性"[97]，每一次打破局限的对抗行为，其背后的动机都是为了获取新的个人属性与人生定位。借由独立的生活，希斯内罗丝既能摆脱父权对其女性身份模式化的期待，又能在两性情感关系中占据主动地位，结束男性伴侣无谓的束缚和掠夺。希斯内罗丝是有六个儿子的墨西哥家庭中唯一的女儿，父亲对她的期待只是"成为某个人的妻子"[93]87。在墨西哥文化里，"男人和女人只有通过结婚，否则不可以离开他们父亲的房子"，而希斯内罗丝毫不犹豫地用"双脚跨出我父亲的门槛"[93]73。更糟的是，她在六个兄弟出门闯荡前就离开了家。"离开"打破了父权社会强加在墨西哥裔女性身上的禁忌，帮助她摆脱了奇卡诺社区里其他女性只能"将悲哀支撑在肘上，凝视窗外"的消极命运，使她得以借助反学院派的书写将拉美裔女性不为主流文化所知的生命故事——呈现[93]76。

在对职业生涯的回顾中，希斯内罗丝将离家和远行的漫游设定为她自我成就的一种必然模式和手段。作家梦虽然催生了希斯内罗丝的自我意识和对作家生活的向往，但即便是参加了艾奥瓦作家工作坊的学习，她"对于女性作家的生活状态"依然"所知甚少"[93]9。一方面，身边的男性和白人女性因其固有的性别、种族和阶级偏见，对她的女性艺术家之路毫无帮助；另一方面，她对拉美裔前辈女作家和少数族裔女性主义学者，如格洛丽亚·安札杜瓦（Gloria Anzaldua）和切丽·莫拉格（Cherríe Moraga），缺乏足够的了解和认识，进而造成了可供参考的精神榜样和成长模式的缺失。因而，希斯内罗丝只能凭借自己的努力，选择在不断地离去中，"潜身于边境"，找寻自己的身份定位和"想象中的祖国"[93]210。离别的这种行为"具有根本性的'自我成长'象征意义"，希斯内罗丝必须"与先前的自我分手"[98]145，才能在求学、独居、旅行和写作中打破原有的自然属性和社会属性并日益强大成熟起来。在某种意义上，《芒果街上的小屋》的成长主题在《我自己的房子》中得以延续。就像小说中埃斯佩朗莎最后所说的那样，"有一天我会把一袋袋的书和纸打进包里。有一天我会对芒果说再见。我强大得她没法永远留住我。有一天我会离开"[86]150。希斯内罗丝在自传文本中记录了现实中的"埃斯佩朗莎"离开"芒果街"后，在各地漫游的生活经历和成长历程，以非虚构叙事补充了虚构叙事给读者留下的想象空间。

希斯内罗丝走出奇卡诺社区的越界漫游行为让她获得了更广阔的社会视野，促使了她政治意识的萌发，并催生了她对抗生命政治对美国社会阶级身份的固化。在《〈芒果街上的小屋〉十岁了》（"The House on Mango Street's Tenth Birthday"）一文中，希斯内罗丝回顾了在艾奥瓦作家工作坊时的经历，以及她创作《芒果街上的小屋》的动机。因为与白人同学在肤色、阶层和文化背景上的差异，希斯内罗丝敏锐地察觉到自己的"他者"属性并一度陷入失声状态。研讨会上针对加斯东·巴什拉（Gaston Bachelard）《空间的诗学》（*The Poetics of Space*, 1958）的讨论，使她猛然意识到家宅的这一空间具有定义个体社会阶层属性的功能，而自己恰恰又缺失体面和功能完整的家宅空间。在对家宅的认知变化过程中，希斯内罗丝感受到居住空间的差异体现了社会阶级的分化。这样的认知转化为愤怒和借由文学书写发出"我自己的声音"的写作动机，《芒果街上的小屋》便是她与作家班和主流文学"对着干"时进行的"一场无声的革命"[93]121。在她笔下，芒果街上的房子远非巴什拉所谓的"庇佑着梦想"，"保护着梦想家"和让人"能够在安详中做梦"的地方[99]，而是拘囿奇卡诺社区女性身心自由的场所。生命政治在空间上对少数族裔的排除性纳入，通过对其生存空间的划归和限制得以实现。作家借由书写表达的既是自我也是女性群体挣脱枷锁的共同渴望，而这样的诉求从《芒果街上的小屋》一直贯穿到她的其他作品。

在离家漫游中，希斯内罗丝还得到了在父母家享受不到的"奢侈"——完全属于自己的私密空间和对自我的探索。她从墨西哥文化给女性戴上的"无知和羞耻的双重贞操带"中挣脱[93]148，开始了解并学会对自己的身体、婚姻和生育负责。在墨西哥文化中，守护神瓜达卢佩圣母是天主教圣母和美洲土著女神相结合的产物，强调了"女性的忍让、付出、宽容和服从"，体现了"男性对女性的控制：女性婚前必须守节操，婚后隐忍持家、相夫教子"[100]52。希斯内罗丝无法忍受拉美女性对自己身体的沉默，并试图在重新审视瓜达卢佩圣母的过程中做出自己大胆的、颠覆性的解读："卢佩，聪明的坏女孩，不是沉默和被动，而是在沉默中积聚力量"。[93]153 希斯内罗丝打破了传统自传的固有范式，即在将肉体和精神对立的柏拉图传统中，肉体在自传这一文类中的表现往往被压抑，甚至近乎抹消。希斯内罗丝认为性体验是女性存在体验的一个重要部分。在颠覆灵肉二元对立中，她试图实现对女性他者身份的解构。因此，性别维度下希斯内罗丝的漫游具有了"向外看"和"向内看"的双重视角。"向外"，她看到了奇卡诺社区男权文化对女性的束缚；"向内"，她看到并发掘了女性内在的真实与力量，而这些都建立在自由独立的漫游者身份前提之上。在跨越社会、阶级和文化对拉美裔女性的种种限制的过程中，希斯内罗丝进一步打破了生命政治基于性别而制定的区分机制和对女性的行为规约。

作为活跃在拉美裔文学文化圈的先锋人物，希斯内罗丝与美国少数族裔文化共同体的联结极为紧密。不论是在希斯内罗丝作家生涯刚刚起步的时期，还是在她的创作成熟期，文化共同体都在不同程度给予了她对认识族裔身份和种族社会问题的启发，并在文学创作手法上对她影响深远。在自传书写中，借由他人书写自我往往是对自我的一种映射。钱钟书在谈及传记写作时曾说，在写他人时，"不妨加入自己的主见，借别人为题来发挥自己"[101]。在容纳 41 篇文章的这部作品里，一共收录了 15 篇直接以他人为题的文章。希斯内罗丝族裔作家的特殊身份，使得她将关注更多投向前辈作家、活跃在拉美艺术圈和文化圈的人物。作家对于文学、艺术和族裔问题的认识与反思，在这些有关他人的文章中直接或间接地呈现出来。

书中，希斯内罗丝介绍了多位对她文学创作影响深远的作家，以及自己对他们的理解和感悟。借由这些文章,希斯内罗丝完成了对前辈作家的致敬。与前辈作家的"对话",让希斯内罗丝心智洞开,心灵得到抚慰,并且影响了她文学创作的主题和写作风格。那些她"亲身接触"过的,或是"从书页报刊上知道的"作家,被她视为文学家园里的"亲人"和文学创作的引路人 [93]38。这样的认同是在她在对作家文本解读过程中,通过激活自己的想象力、直观力和感悟力,在与前辈作家的视域融合中达成的。在希斯内罗丝的创作生涯中,她曾受到"中坚的奇卡诺活动分子的攻讦",她的作品被认为"还算不上真正的奇卡诺文学" [93]139。阅读和聆听奇卡诺诗人路易斯·奥马尔·萨利纳斯(Luis Omar Salinas)的作品,让希斯内罗丝明白一个奇卡诺诗人"不是一个咬文嚼字的浮夸诗人,也不代表什么理论学说",而是"一个用心来写作的诗人,一个对人类怀着同情和悲悯的诗人" [93]46。女诗人格温德林·布鲁克斯(Gwendolyn Brooks)所写的"食豆者"们"生活在逼仄的公寓里,共用洗手间,没有足够的热水" [93]32。受其启发,希斯内罗丝创造了属于她自己和整个墨西哥裔群体的"食豆者"们的故事。思想前卫的阿根廷文学大师郝尔赫·路易斯·博尔赫斯(Jorge Luis Borges),曾出版过一本《梦见老虎》的集子,里面的故事"短小精致","像是百科全书的条目" [93]260。恰是这本"介乎诗歌和小说之间的新体裁作品",激发希斯内罗丝尝试在《芒果街上的小屋》"开创一种新的写作形式" [93]35,打破"体裁与体裁之间的,写和说之间的,高雅文学和儿童歌谣之间的,纽约和想象的马孔多村之间的,美国和墨西哥之间的",各种各样的界限 [93]260。这样的书写方式,让希斯内罗丝成为先锋的奇卡纳作家代表,并让《芒果街上的小屋》在历经三十年岁月洗礼,依然充满浓浓诗意,绽放着熠熠光彩。流亡作家爱德华多·加莱亚诺(Eduardo Galeano),因为作品的政治性,曾两次被驱逐。希斯内罗丝将自己与加莱亚诺作品的相遇定义为一种"必然的缘分" [93]195。那时的她正经历人生低谷,挣扎在生死边缘,而加莱亚诺的《火的记忆》拯救了她。在她看来,加莱亚诺的历史书写,从不平淡乏味。他的文字教给人们如何看透生死，看轻磨难，并始终保持做人的尊严。他严谨的写作态度也在提醒着希斯内罗丝，"为什么要写"[93]195。这样的感悟，是希斯内罗丝在想象加莱亚诺深陷流亡境地，品味作品中的政治书写时慢慢获得的。希斯内罗丝对这些前辈作家的评价和接受被融入她作为作家的自我生成和形塑中，每一位单独篇章介绍的作家实际上投射出的是希斯内罗丝作家自我的某一个面向，它们共同构成了一个立体的拉美裔女性作家的主体形象。

小说作家和诗人之外，拉美艺术和文化圈的多位音乐家、歌唱家和摄影家也是希斯内罗丝书写的对象。在不同于文学的艺术门类中，希斯内罗丝加深了对拉美文化和艺术传统的了解，对自己的族裔文化身份有了更多认同，并让她获得了独有的"人格、气质和生命意识"，从而更好地对抗生命政治对美国少数族裔的压制、排除与边缘化[102]120。例如，在《致阿斯托尔的探戈》（"A Tango for Astor"）一文中，希斯内罗丝讲述了在她感到"迷茫、悲哀、消沉和懊丧的时候"，音乐家阿斯托尔·皮亚佐拉（Astor Piazzolla）的作品如何给予她生活和创作的指引[93]81。作家将自己的经历、苦恼和情感带了了音乐的聆听和欣赏，领会到美的东西和悲剧性的东西发生碰撞时产生的强烈的、迅猛的力量。她对于阿斯托尔音乐的理解不是外在的，而是内在于心的。在音乐中，她学会了要在工作中具备饱满的激情，要保持独立的人格，要勇敢和无畏。要将痛苦转换为咆哮，于她而言，就是诗歌和小说的创作。这样的信念，贯穿了希斯内罗丝对人生的理解，激发了她的诗歌创作和一部部作品的诞生。伽达默尔认为，"理解不是解释者对外在于他的一切文本及其作者意义的寻求和解释的行为方式，而是此在本身的存在方式"[103]。这或许能够解释，为何希斯内罗丝与阿斯托尔面对面时，她唯一能说出的话是："皮亚佐拉先生，你的作品，就是，我的人生。"[93]84

当然，希斯内罗丝借他人抒发自己的叙述是一种相对"隐性"的模式。她个人作为文学创作者这一自我概念的发展和完善是在与他人的"对话"中被呈现出来的,是一个透过文本信息的拼贴而被逐渐勾勒出来的过程。因此,相较于直白地表明自己的文学创作动机、态度和手法,这样的呈现方式显然会给读者带来一定的挑战。但是,如此处理方式完全符合希斯内罗丝作为先锋作家的表现风格,同时也增加了这个自传文本阅读的趣味性,并为读者解读希斯内罗丝的自我书写提供了更多想象的空间。因为,正是通过与这些显像存在的和隐含存在的前辈艺术家们的对话,希斯内罗丝完成了自身的作家生成过程。希斯内罗丝虽然是借由他人来表达自己,但她关于每位作家的文字都投射了自己族裔和女性作家的某一个扇面。当所有的扇面聚合在一起,便共同构成了一个完整的自我主体呈现。

《我自己的小屋》出版时,希斯内罗丝已步入耳顺之年。这部自传是作家对自己三十余年生活和创作的回顾与思考,也满足了读者对作家的好奇与想象。如果说,希斯内罗丝的成长小说《芒果街上的小屋》讲述的是一个拉美裔女孩在贫困处境下,获得心智成熟的故事。那么,这本集子则勾勒了一位拉美裔女性作家,跨越种族和性别阻碍,在写作和生活旅途中,获得人生感悟,寻找精神家园,打破生命政治阈限的故事。书中,希斯内罗丝不断打破边界,如奥德修斯般,行进在了解世界和认识自我的旅途中,并用自己的方式诠释着这"大千世界"的"无限美好"[93]358。她的自我书写实现了描述和构建自我发展的事实以及为自己的故事赋予意义的最终目的,实现了对抗生命政治对种族、阶级、性别和文化身份的区分和限制。

第三章
21 世纪印第安文学中的生命政治

第一节　21 世纪国内印第安文学研究

美国印第安小说作为美国族裔文学的重要构成,其发展历史久远。早在 18 世纪末期,就有就读于寄宿学校的印第安人开始出版用英语写作的自传作品,但在当时的历史语境下,作家的印第安族裔身份限制了其作品的传播和阅读,因而鲜少受到大众关注。自 19 世纪末至 20 世纪上半叶,印第安作家的小说创作开始在白人读者群中获得广泛关注和认可,但是这个阶段的印第安小说创作由于受到文化灭绝政策和白人主流文化和宗教同化的巨大影响,因而更多采用的是白人文学的典型范式,并大多舍弃了印第安文化主题,转而更多地表达了对白人文化的认同和对融入白人社会生活的愿望。进入 20 世纪六七十年代以后,受到民权运动的冲击和影响,印第安小说逐步响应族裔身份意识的觉醒,成为印第安作家为族裔群体争取政治权力和解放的工具。印第安小说作家们一改以往模仿白人主流文学的形式,更为注重对印第安文化和历史源头的寻找和探讨,试图在回溯和回归印第安传统的过程中重新建构被殖民主义破坏和消除的印第安主体与文化属性。自此,印第安文学进入复兴时期,作家们"从印第安文化传统中汲取营养,以反抗白人殖民主宰、回归祖先土地与传统作为自己创作的主体"[104]47。其中,斯科特·莫马迪(Scott Momaday)是这一时期最具代表性的作家,其小说《黎明之屋》于 1969 年获得普利策小说奖,并被认为是美国"印第安文艺复兴"时期的第一部重要作品。《黎明之屋》确立了该时期印第安小说普遍采用的"出走"与"归家"的范式,影响了大批随后崛起的印第安小说家,如詹姆斯·韦尔奇(James Welch)与莱斯利·西尔科(Leslie Silko)。韦尔奇的《血中冬季》(*Winter in the Blood*, 1974)侧重于书写受白人同化教育影响的印第安人遭遇的文化失根与随之而产生的精神危机。西尔科的《典仪》(Ceremony, 1977)以印第安混血儿为主人公,侧重印第安典仪对其身份重建和主体自我修复的重要作用。八十年代之后,印第安小说走出了边缘与中心的二元对立模式,试图在与白人文化的共谋关系中弥合差异所带来的冲突和不确定性。"印第安文艺复兴"时期的代表作家仍不断有佳作问世,新生代的作家则更好地将印第安口述文学与主流文学创作手法相融合,并更为关注在多元文化背景下印第安人的生存状态和身份建构,其中成就最为突出的是杰拉尔德·维兹诺(Gerald Vizenor)与路易斯·厄德里克。这两位作家的作品都表现出明显的印第安文化与白人文化的杂糅特质,并巧妙地在印第安口述传统中融入了后现代的写作手法。进入 21 世纪以来,受到"9·11"恐怖袭击事件、世界局部战争、金融危机以及社交网络的兴起等事件的深刻影响,美国多元文化样态发生了改变,印第安小说作品也随之在创作风格、主题和内容上发生了相应的变化,"不仅仅局限于族群关怀,也广泛涉及人类社会、宇宙自然的各个方面,诸如国际时势、社会政治、外太空旅行、科学幻想等等"[105]43。

国内对美国印第安小说较为系统的梳理肇始于各类美国文学史著作,而其中对印第安主要小说作家、作品的评介推进了国内印第安小说批评的发展。其中,具有代表性的有常耀信的《美国文学简史》(2002),童明的《美国文学史》(2002),刘海平、王守仁的《新编美国文学史》(2003),董衡巽的《美国文学简史》(2003)以及何木英、杜平

的《美国文学简史与作品选读》(2004)等。这些著作将印第安文学放
在美国少数族裔文学这一分支中进行集中讨论,并主要聚焦对"印第
安文艺复兴"及其后的小说作家与作品的介绍与评价。而在国内对
美国印第安文学史的系统研究中,张冲、张琼的《从边缘到经典——
美国印第安文学的源与流》(2014)是国内第一部系统梳理美国印第
安文学的历史发展的成果,其中对各个时期印第安小说重要作家、作
品的介绍可谓详尽深入,同时,该书在整理印第安文学发展脉络的同
时,讨论了对美国印第安文学在美国文学中的定位,以及印第安文学
与其他少数族裔文学的关系问题,强调了印第安文化和文学特质的
独特性。

　　国内学界有关印第安小说的学术批评最早起步于 20 个世纪 90
年代中后期,并主要见于对印第安文学的总体性介绍之中,如郭洋生
在《当代印第安小说:背景与现状》(1995)中对印第安传统文学、过渡
文学和现代文学做了大致介绍,并重点评析了现代文学时期的主要
小说作家莫马迪、西尔科、厄德里克与维兹诺等。王家湘在《美国文
坛上的一支新军——印第安文学》(1996)中对印第安传统口述文学
与现代文学分别做了介绍,并以三部印第安小说为例着重分析了促
使"印第安文艺复兴"产生的文化、政治和社会历史因素。

　　其后,国内对于印第安小说的文学批评开始从不同的理论视角和
维度展开。在起始阶段,印第安作家的典型文本研究是主流范式和研
究热点,学者们从不同语境和层面对最具代表性的作家、作品展开讨
论,例如,王建平、郭颖在《莱斯利·西尔科的〈典仪〉与美国印第安文
化身份重构》(2006)中分析了《典仪》所反映的印第安文化身份问题和
典仪对印第安自我重构的重要意义;朱桦在"《〈黎明之屋〉:土著生存
现实的荒谬与超越》(2010)中从小说《黎明之屋》的"逃离—回归"的
循环结构出发,探讨这部"印第安文艺复兴"时期的标志性作品所体现
的西方存在主义思想;陈靓在"文化冲突中的本土身份构建——宗教与
性别视角下的〈爱之药〉"(2007)中分析了厄德里克在多元文化冲击下

如何通过文化隐喻实现本土身份的构建,进而达到本土文化复兴。

随着研究的深入,国内学界对于印第安小说的文学批评在理论的系统进深方面有所突破。后殖民主义层面的印第安小说研究是学者们广泛关注的视角,如王建平在《后殖民语境下的美国土著文学——路易斯·厄德里齐的〈痕迹〉》中指出当代印第安作家抵抗殖民语境下被边缘化的一个有效途径就是由文学进入历史;刘玉的《文化对扛——后殖民氛围下的三位美国当代印第安女作家》(2008)分析了葆拉·艾伦(Paula Allen)、莱斯利·西尔科和路易斯·厄德里克作品中的去殖民化文化对抗策略;邹惠玲在《后殖民理论视角下的美国印第安英语文学研究》(2008)一书中主要聚焦印第安文学的后殖民特征,以此为依据将印第安文学的发展历程划分为同化、回归传统和文化杂糅三个阶段;在《当代美国印第安小说的归家范式》(2009)中,邹惠玲探讨了印第安小说"归家"范式所呈现出的后殖民杂糅性以及作家对印第安部落如何摆脱被白人社会边缘化的困境;邹惠玲、丁文莉的《同化·回归·杂糅——美国印第安英语小说发展周期述评》(2009)梳理了印第安小说在后殖民文学发展框架下的发展阶段并分析了各阶段从同化、回归印第安传统文化和实现与白人主流文化杂糅的流变过程。另外,生态批评也是学者们关注相对较多的系统化理论视角,如秦苏珏在《地域景观、环境与身份认同——〈爱药〉的生态解读》(2010)中指出厄德里克作品书写的印第安传统灵学思想与当代生态观的共谋之处。蔡俊在其博士论文《超越"生态印第安人":路易斯·厄德里克小说中的自然主题》(2011)中,通过分析厄德里克"奇佩瓦四部曲"中的自然主题指出厄德里克试图破除白人主流文化对印第安生态"他者"的想象,因此,对于当代印第安人与自然关系的讨论应该更为谨慎,不应过分夸大印第安的自然传统。方红在《环境体验与创伤治愈:琳达·霍根〈北极光〉的意象与生态主题研究》(2011)中聚焦环境体验中的核心意象所指向的印第安人遭遇的心灵创伤以及他们寻求治愈和重新建构身体的努力。张慧荣在其博士论文《后殖民生态批评视角下的当代美国印第安英语小说研究》(2014)中,将对印第安英语小说的生态批评放在后殖民视域下进行讨论,重点挖掘小说的后殖民书写中经济、环境和动物所扮演的重要角色,以及印第安文学所表达的反殖民意识和对殖民话语的解构。刘克东、樊鲁阳在《论琳达·霍根〈靠鲸生活的人〉中的深层生态学思想》(2019)中,分析了小说所反映的深层生态学中的生物中心主义平等观、人类中心主义思想和生态自我概念。

除此之外,印第安小说的"杂糅性"与"恶作剧者形象"作为印第安小说相对独特的文本特征也得到了国内学者的关注。有关"杂糅策略"的研究包含了文化、宗教、性别、身份、叙事等多个角度,如陈靓在《美国本土文学研究中的杂糅特征理论探源——从生物杂糅到文化杂糅的概念流变》(2009)指出杂糅性赋予了印第安文学相对更为独立的文化身份,因此是印第安文学研究不可忽略的部分,而他的《美国印第安作家路易斯·厄德里克作品性别杂糅策略解读》(2011)和《〈痕迹〉和〈爱药〉的宗教杂糅特征》(2013)两篇文章分别从性别和宗教杂糅的角度展开对厄德里克小说作品的分析,指出厄德里克借由杂糅策略建构了其独特的创作风格与理念,并以此实现了对白人霸权的抵抗与颠覆。有关"恶作剧者形象"的研究多聚焦于厄德里克和维兹诺的作品,如丁文莉、邹惠玲的《论〈格瑞佛:一个美国猴王在中国〉中的恶作剧者形象》(2008)剖析了维兹诺在这部小说中塑造的传统印第安恶作剧者形象,以及小说人物对中国猴王的文化误读;丁文莉在《走向第四世界:印第安恶作剧者的朝圣之旅——解读杰拉德·维兹诺〈熊心〉中的恶作剧者》(2011)中探讨了《熊心》这部小说中的恶作剧者身上传统与现代的融合所表现出的印第安人特有的生存方式;在《〈痕迹〉和厄德里克:小说内外的恶作剧者》(2013)中,丁文莉、邹惠玲探讨了恶作剧者身上具有的杂糅性和颠覆主流话语的反叛力量;王绍平、王素佳在《〈广岛舞伎:原爆57年〉中的恶作剧者与生存策略》(2017)一文中分析了这部维兹诺小说中恶作剧者所呈现出的逾越者、变形者和生存策略掌控者的多重身份,以及作家对边缘群体如何摆脱被主宰地位和在苦难中寻求生存的策略。

近年来,国内学者还开始关注印第安文学中的世界主义、民族主义、社群意识等问题,这些研究都在一定程度上拓展了印第安小说批评的议题,如刘克东、邹文君的《生存的抉择——北美印第安人的民族意识与印第安文学》(2015)一文中分析了印第安文学尤其是印第安小说在前殖民地时期、同化时期、印第安文艺复兴时期以及 20 世纪末 21 世纪初融合时期所表现出的印第安民族意识的不同特点;邱清在《西方文论关键词 印第安文学民族主义》(2019)一文中对印第安文学民族主义的概念界定、政治语境、思想资源、发展脉络、价值与局限都展开了深入的讨论,对民族主义视角下的印第安小说批评提供了较为扎实的理论支持;生安锋的《美国印第安文学中的世界主义理想》(2019)则将批评视角投向了印第安文学中的文化身份诉求、个体性文化诉求以及共同体构建中所传达的世界主义理想。另外,王建平的《美国印第安文学与现代性研究》(2014)是目前国内唯一一部以美国印第安文学批评为主题的著作。该书以民族性与现代性之间的张力为题,在美学与政治的节点上梳理美国印第安文学的历史行程、思想脉络、批评方法论变化和重大问题,围绕 20 世纪 60 年代以来印第安文学批评中民族主义与世界主义的核心论战,在跨民族视阈下审理印第安文学批评中的民族主义和现代性问题,对印第安文学创作和批评做出较为系统和客观的评价。

第二节 路易斯·厄德里克：当代印第安文学旗手

路易斯·厄德里克是当代美国印第安裔著名作家，属于本土复兴作家群中的第二代作家中的代表人物。与该群体第一代作家莫马迪和西尔科试图重振印第安传统和张扬印第安族裔身份的作品不同，厄德里克的作品主要呈现的是印第安文化在美国主流文化场域内的存在现实。厄德里克本人是印第安裔和德裔混血儿，对于印第安裔在美国社会的边缘地位和白人主流文化对印第安文化传统的压制，她有着感同身受的切身体验。因此，她笔下的主人公多为印第安裔或者混血儿，作品的主题多与印第安裔的生存现实有着直接关联，比如土地问题、宗教信仰、保留地赌场、印第安女性地位与口述传统等。通过个人化的文学书写，厄德里克试图向她的读者传达印第安裔在现实中所面临的文化压制和身份认同危机。迄今，厄德里克共出版小说作品 17 部，其中《爱药》(*Love Medicine*)系列共有八本，"正义三部曲"系列包括了《鸽灾》(*The Plague of Doves*, 2008)、《圆屋》(*The Round House*, 2012)与《拉罗斯》(*LaRose*, 2016)，是一位极为高产的本土裔作家。其中，《爱药》获得 1984 年度的美国书评家协会奖与苏·考夫曼最佳处女作奖，《羚羊妻》(*The Antelope Wife*)获得 1999 年度的世界奇幻文学奖，2009 年，《鸽灾》入围当年的普利策奖，2012 年的《圆屋》为她赢得了当年的美国国家图书奖，2016 年凭借《拉罗斯》再度问鼎美国书评家协会奖。

厄德里克出生于明尼苏达州的小福尔斯(Little Falls)，是家中七个孩子中年纪最长的。她的父亲拉尔夫是德国移民的后代，母亲丽塔有一半印第安奥吉布瓦部落血统，一半法国人血统。父母二人都在北达科他州瓦普顿市印第安事务局开办的学校里担任老师。瓦普顿坐落在北达科他州和明尼苏达州边界的红河流域。厄德里克的许多小说都受到这美国中西部景观的深远影响,其故事借用了瓦普顿虚构的小镇场景展开。厄德里克的外祖父帕特里克·古尔诺(Patrick Gourneau)多年来一直担任联邦政府认可的奇佩瓦印第安人龟山部落(Turtle Mountain Band)首领。虽然厄德里克不是在印第安保留地长大,但她时常会去那里探望外祖父,在保留地,她聆听了很多印第安神话故事,参与文化典仪并学习部落历史,因此她对印第安保留地的生活和文化传统有比较深入的了解与认识。她的外祖父是印第安口述故事的传承者,是一个出色的讲故事的人,他对厄德里克讲述的"大萧条时期"的家族故事给她留下了深刻的印象,并被她用在了《爱药》和《甜菜女王》(*The Beet Queen*, 1986)的背景情节中。同时,厄德里克还是虔诚的天主教徒,她的成长过程中不可避免地受到了两种异质文化的影响。对于处在两种文化冲突和交融之中的厄德里克,自然会遭遇精神上的困惑,但幸运的是,外祖父对天主教和奇佩瓦宗教的兼收并蓄让她在文化对抗之外,看到了在特定的历史环境中的另外一种可能性。因此,外祖父也成为厄德里克笔下众多生活在两种宗教传统中人物的原型,以此为基础,厄德里克塑造了将印第安传统宗教信仰体系融入天主教信仰之中的众多土著美国人的人物形象。

1972 年,作为第一批被达特茅斯学院招收的女性学生中的一员,厄德里克进入了这所常青藤名校学习,主攻英语与创意写作。初到达特茅斯时,新英格兰的正统文化给厄德里克带来了巨大冲击并让她经历了一段难熬的过渡期,好在达特茅斯学院的印第安裔学者们对她照顾有加,帮她顺利度过了适应期。其间,她结识了自己未来的人生伴侣,刚从耶鲁博士毕业的人类学家、达特茅斯学院美国土著研究中心主任迈克·多里斯(Michael Dorris)。从达特茅斯毕业两年后,厄德里克考入约翰斯·霍普金斯大学攻读硕士,并于 1979 年拿到了学位。在约翰斯·霍普金斯的这几年间,厄德里克创作了大量诗歌,后悉数被收录进诗集《篝灯》出版。同时,她开始了小说《痕迹》(*Tracks*, 1988)的创作,并慢慢以此为基础,初步构建出《爱药》系列小说的叙事框架和模式,显示出她未来小说创作的主体方向。1981年初,厄德里克以驻校作家的身份回到达特茅斯学院,并在同一年与迈克·多里斯结婚。二人婚后成为20世纪后期美国文学中不可多得的文学伉俪,两人时常相互评价和编辑对方的作品,并以小说合作者的身份出现在了大众视野中。对于她与丈夫的合作,厄德里克希望人们能够更多地关注作品本身,她说:"我们并不重要,重要的是作品。不论我们如何合作,这都不重要。"[106] 按照二人的说法,《爱药》《甜菜女王》《痕迹》和《宾果宫》(The Bingo Palace,1994)是经过两人一起动笔,共同讨论,设计故事布局、人物,之后一块儿编辑的产物。之所以署名为厄德里克,是因为她执笔最多,贡献最大。二人在1991年合作出版的小说《哥伦布的皇冠》(The Crown of Columbus)是唯一一部共同署名的作品。小说融合了历史、悬念和对美洲文化开端的探讨,记录了一对恋人从新罕布什尔州到加勒比海寻找宝藏的旅程。遗憾的是,两人的文学合作终结于1996年,当年他们结束了15年的婚姻。次年多里斯受到养子虐待儿童的指控,最终他在没有辩解的情况下选择了自杀。二人婚姻悲剧性的结局影响了厄德里克日后的写作,她的多部小说都可以被看作是她对自己情感经历的某种回望。同时,厄德里克脱离了对印第安裔个体差异的相对微观和单一的表现,开始趋于思考更为宏大的叙事手法与叙事目的。

作为厄德里克的第一部小说作品,《爱药》是作家一系列史诗小说的开端。这一整个系列详述了殖民主义在过去和当下对明尼苏达州和北达科他州的奥吉布瓦部落的复杂影响。厄德里克对于《爱药》系列小说的创作,有过这样的解释:"自《爱药》以后,我就已经明白我要写的是一部很长的书。而这本书的主要章节也是书名各为《痕迹》《宾果宫》《四个灵魂》(Four Souls,2004)、《小无马地奇迹的最后报告》(The Last Report on the Miracles at Little No Horse,2001)与《彩绘鼓》(The Painted Drum,2005)的这几本书。"[107] 这个系列的每一本书都是史诗谜题的一个关键部分,为她众多相互关联的人物的生活创造了一副复杂的画面,这种多样性恰恰呼应了厄德里克时常运用的复调叙事的手法。虽然每一部书都是独立的,但其中的许多章节都可被单独节选为短篇故事。当我们把这些小说全部混杂在一起,将会对厄德里克试图构建的印第安土著社区的深度与广度有更宏观和深入的认识与了解。虽然将过往与当下交织是厄德里克《爱药》系列小说写作的总体特点,但是遵循一定的叙事和主题线索,还是可以将这一系列小说按照历史和现代的叙事时间大致分为两类:属于当代叙事的《爱药》《宾果宫》《彩绘鼓》;属于历史叙事的《痕迹》《四个灵魂》《小无马地奇迹的最后报告》。

对厄德里克小说创作的讨论无法跳过《爱药》这部最早的作品,因为《爱药》确立了作家独特的叙事风格,同时在这部小说里出现的人物、家族和主题延伸到了同系列的其他小说中去,从而织就了一张极为复杂的小说人物、情节的关系网。这张网覆盖了自 20 世纪 30 年代到 80 年代近六十年的时间,涉及了五个相互关联的主要家族。小说相关的主题复杂,几乎涵盖了厄德里克小说创作关照到的所有方面:"口述传统、亲缘关系与社区、天主教与奥吉布瓦信仰、西方文化与奥吉布瓦传统、书面文字与口头语言、边界与限制、真实与象征性的战争,还有最为重要的身份及其形成与分裂。"[108]《爱药》由 14 个短篇故事构成,讲述了处于故事中心的三个家庭和处于故事外围的两个家庭之间互相交织的生活故事。厄德里克采用了非线性叙事的手法,每一章都由不同的人物讲述,采用的是第一人称和第三人称的有限叙事视角。故事始于 1981 年复活节,琼·莫里西在回家的路上被冻死,结束于 1985 年琼的前夫格里·纳纳普什与两人的儿子利普莎的团聚。穿插在这两章中间的是彼此相互关联的诸多故事,按照松散的时间序列从 1934 年开始展开。处在小说中心章节的两个故事集中在了露露·拉马丁、玛丽·拉扎尔和奈克特·喀什帕这三人的一天生活和他们之间纠缠不清的三角恋上。

在《爱药》中,厄德里克将印第安口述传统与她的小说创作相结合,形成了自己有别于传统叙事结构,带有明确的复调小说的写作风格。复调小说理论源自巴赫金对陀思妥耶夫斯基小说的研究,他借用了音乐学理论中的术语"复调",来解释小说共时性空间中,不同的人物声音和思想意识,以及人物之间,人物与作者之间的平等对话关系。"复调的叙事策略不受作者主观意识支配,而是使众多地位平等的主人公的自我意识将他们的主观世界与统一的故事脉络联系起来,进而形成人物叙事的话语在形式上互不融合而又处于彼此间对话、交锋和争论的共时性特征。"[109]261《爱药》中的多位叙述者站在各自视角上,对琼的去世这一个中心事件展开各自不同的描述,这些描述或者相似,或者相互矛盾,或者互为补充。只有在读完所有讲述者的故事之后,事情的原委和真相才会浮出水面。但在这个过程中,似乎听不到作者的声音,因为这些人物形成了独立于作者之外的、打破作者叙事权威的"多声部"叙事模式。厄德里克通过这样的手法既呈现了琼一生的经历,又将印第安人在保留地和保留地之外空间内的生活经由全面的视角展现出来,并让读者窥到印第安人在对抗白人主流意识形态时所表现出来的自主意识和丰富精神世界。

《宾果宫》是第一部有关印第安保留地赌场的当代小说,主要聚焦保留地赌场对部落经济、生活和文化传统带来的影响与冲击。小说围绕利普莎回归奇佩瓦保留地,从最初的精神迷失、无法融入社区生活到最终回归部落传统、找到精神归属的故事展开。厄德里克在这部小说中想要传达的是印第安人与土地不可分割的关联:"土地是印第安人的生活来源,为他们提供了物质需要,印第安人如果失去土地,就等于失去了生存的最基本需要。土地更是印第安人的精神核心。"[110]19 虽然利普莎的故事在《宾果宫》里并没有一个明确的结局,但他的故事延续了《爱药》系列的共同主题:同化政策对土著印第安人的危害,新一代印第安后裔在身份认同过程中经历的挣扎,以及亲情的强大治愈力量。《彩绘鼓》的故事场景在新英格兰和北达科他州来回转换,凸显了殖民主义在当代对流离失所的奥吉布瓦后代的影响。小说的主人公费伊·特拉弗斯有四分之一的印第安血统,与母亲一起经营古董收藏和买卖的小生意,在帮助一个邻居整理家族遗物时偶然发现了一个仪式上用的鼓。在鼓的魔力驱使下,她将鼓带回北部平原的保留地,随之,鼓和它周围的人都复活了。厄德里克编织了几代人围绕鼓展开的故事,行文中充满了优美的意象,试图向读者传达每个人都有能力构建一个反映自己真实身份的叙事,而对自己故事的掌控实际上还具有强大的治愈能力。

《痕迹》的历史叙事要传达的主题是身份的流动性和历史的可商榷性。小说有两个主要叙述者——纳纳普什与宝琳。二人都讲述了1912 年至 1924 年间他们在奥吉布瓦保留地的生活历史。在这段时间里,奥吉布瓦部落遭遇了巨大的冲击,而冲击主要来自疾病、饥荒、美国政府的土地分配法案与基督教的传播。纳纳普什,在小说中是与印第安神话中的"恶作剧者"同名的一位保留地首领,通过讲故事的方法避免本土文化的流失。作为西方历史宏大叙事的对立面,纳纳普什这个人物的使命是要通过个人和部落的小历史定义和建立印第安人的身份和部落历史。另一位讲述者宝琳是一个混血儿,她努力融入主流文化,并试图验证主流文化所代表的宏大叙事。她自愿放弃了自己奥吉布瓦的根,希望自己完全融入白人社会,尤其是天主教社区。而这种放弃主要体现在了她遵照西方线性叙事的规则对事件的简单概括,而在对奥吉布瓦的生活描述中出现了错误的推测和对另一位女性人物弗勒的不恰当的谣传。另外,小说既关注到"西方文明和天主教教义都成为殖民者的生态扩张和政治文化同化的工具",也描写了"白人所主导的现代工业经济模式夺取土地和树木,进而摧毁当地原生生命链,最终置印第安人及其本族文化于灭绝的边缘"[111]96,进而抨击了欧洲殖民者在殖民扩张的过程中对北美印第安政治、文化和生态环境的全面破坏。印第安原生态生存环境的恶化,原有生存模式的改变,欧洲殖民者对印第安土地的暴力征用和对印第安社区的边缘化都在小说中进入了厄德里克的批评视域。

《四个灵魂》则以明尼阿波利斯和圣保罗两个城市为背景，延续了《痕迹》中弗勒的故事，讲述了她离开北达科他州的保留地，前往圣保罗向偷走她的土地并将树林夷为平地牟利的木材大亨毛瑟复仇的故事。在这个故事里，厄德里克"彰显了土地、身份和环境的核心要素，并通过纳纳普什和波莉的交叉视角对比展示了现代性下本土部落所面临的社会危机"[112]137，明确地揭示了印第安领土被殖民化的后果。白人殖民者对印第安人土地的强取豪夺不仅给印第安人带来了土地和财富的损失，也破坏了印第安人文化传统中的土地精神与历史传承。失去土地对弗勒来说是精神和肉体上的双重创伤，因为土地代表的是她的生活方式、生存手段和与自然全身心的交流。最终，小说结尾处弗勒收回祖传土地的价值在于它给印第安社区带来了希望，并未奥吉布瓦世代的子孙提供了一个鼓舞人心的故事。《小无马地奇迹的最后报告》在整个《爱药》系列小说中，起到了进一步发展故事线索和勾连一些重要但松散情节的作用。小说讲述了艾格尼丝·德威特，也是后来成为保留地社区一员的达米恩神父的故事。小说叙事在艾格尼丝有关 20 世纪早期的回忆和 1996 年间达米恩神父与另一位神父的一系列对话中交替进行，其中部分是书信的内容，另一部分是对保留地历史及其居民的描述。这些书信是以达米恩神父写给梵蒂冈的同名"报告"的形式写成的，而他写信的目的有两个：一是批判正在被考虑封为圣徒的利奥波达修女，而非颂扬她的美德或者对她的生活和功绩表示敬意，因此有种反圣徒传记的意味；二是提供对他个人生活的历史记录，以坦白自己的秘密与真实身份。小说披露了天主教早期传播过程中对土著印第安人带来的精神伤害，在对圣徒形象进行反书写的过程中，"促使读者重新审视主流话语中的历史人物形象，质疑所谓的历史真实"[113]32。

除了《爱药》系列，厄德里克出版的三部小说被作家自己归入"正义三部曲"之中，其中包括 2008 年的《鸽灾》，2012 年的《圆屋》以及

2016 年的《拉罗斯》,三个故事都探讨了土著印第安人遭遇的不公正待遇以及这些不公的持续性影响。《鸽灾》让厄德里克进入了普利策小说奖的候选名单,是一部具有里程碑意义的作品。作为"正义三部曲"的开篇,小说讲述了北达科他州普路托镇(Pluto)几代居民被一个未侦破的谋杀案困扰的故事,表现了土著印第安人在对抗保留地边界小镇盛行的种族主义时遭遇的种种困境。小说故事起因于普路托镇上三个无辜的奥吉布瓦人,两个成年男人和一个男孩,被指控实施了对当地一个农民家庭的谋杀,之后被私刑处死的事件。这个事件不由不让人想起 1897 年发生在北达科他州的一桩真实历史事件:一群暴民动用私刑处死了三个来自达科他州的男人,作为对北达科他州一个农民家庭六口人被谋杀事件的报复。在厄德里克笔下,私刑事件给几代人造成了无法弥合的创伤,同时具有连接奥吉布瓦族人和非奥吉布瓦族人、跨越事件与空间的连锁效应,促使人们对美国历史上白人殖民者屠杀和迫害土著印第安人的历史进行正视与反思。在《鸽灾》中,厄德里克延续了她复调叙事的手法,让多个叙述者来讲述普路托镇形成和动荡的历史,以及当下的社会与经济状况。其中,最主要的叙述者是混血儿伊芙琳娜·哈普,她执着地询问保留区内外的社区成员,想要了解她的家族历史和祖父穆夏慕如何逃脱那场私刑——当时共有四个奥吉布瓦人被处于私刑,穆夏慕作为其中的一位奇迹般地逃脱了。在伊芙琳娜的叙述中,她回顾了孩童时期祖父讲给她的那些故事,其中的私刑故事激发了她的想象力,也促使她着手调查小镇最初的那些家族及其后代的历史,但更为重要的是,伊芙琳娜对于往事的追问所代表的是,"处私刑事件带来的创伤是印第安人数百年来被屠杀受压迫历史的心理投射,并成为他们的苦难沉淀在子孙后代心灵深处的集体记忆" [114]59。

出版于 2012 年的《圆屋》获得了当年的国家图书奖,讲述了发生在 1981 年奥吉布瓦保留地的故事:13 岁的男孩乔·库茨因为对母亲杰拉尔丁遇袭事件的调查不彻底而感到失望,于是在好朋友的帮助下,开始寻找袭击和强暴他母亲的人。小说中,印第安女性遭遇白人男子性侵的这一事件引出了对于保留地法律正义和保留地自治权等话题的讨论,正如作者自己所说,《圆屋》是"一部讨论美国印第安保留地司法问题的小说"[115]。强暴乔母亲的林登·拉克之所以如此有恃无恐,是因为他在作案时,选择了一个土地权属很难确定的地点,而被蒙住双眼的母亲因为无法说出施暴的具体地点,司法部门因此无法确定法律标准而只能将拉克释放。厄德里克通过《圆屋》表达了她对印第安女性遭遇白人性暴力摧残的担忧。正如她在《圆屋》后记中道出的沉重现实那样:"司法部的报告称,有三分之一的土著妇女在一生中被强奸,而其他的消息来源则称,许多土著妇女因为感到对司法制度的失望而不愿报告强奸。据政府问责局的说法,这也许是因为联邦检察官拒绝起诉67%的性虐待案。在保留地,80%以上的性犯罪由非印第安男性实施,但部落法庭却不能起诉他们。"如果没有逮捕和惩罚非土著性犯罪分子的手段,那么保留地就会成为那些潜在加害者的法外之地,因为在美国的司法体系下,伸张对暴力性犯罪的惩罚对土著家庭来说往往就变得遥不可及。

《拉罗斯》作为厄德里克 2016 年的力作,将故事主要地点放在了《鸽灾》中出现的普路托镇,并采用了多线叙事的手法。小说讲述了千禧年之后,发生在普路托镇的一次意外事件,以及这个事件对一个印第安家庭和一个白人家庭,甚至整个社区的冲击。奥吉布瓦族人朗德罗打猎时误杀了白人邻居彼得的儿子达斯迪。内疚、失落的朗德罗向他的印第安祖先寻求帮助,并在神灵的启示下,最终决定遵照印第安的古老传统,将自己的小儿子,五岁的拉罗斯,送给彼得一家抚养,以弥补彼得一家的丧子之痛。在共同抚养拉罗斯的过程中,两家人逐渐恢复了正常生活,心灵的创伤也得到了治愈。拉罗斯身上所具有的治愈力"有效缓解了两个家庭的痛楚,并逐渐消除伤痛与隔阂,作为独特的族裔性元素,他在彰显自身特质的同时,也在现代环境中展示了传统美国本土文化的有效性"[116]155。同时,厄德里克借穿插在主线故事中的有关拉罗斯同名祖先的故事,将美国政府对于土著印第安人采取的同化政策,特别是强制将印第安儿童送入寄宿学校的政策呈现在读者面前,而同化政策给印第安人带来的创伤和难以言说的苦痛,以及这种创伤在世代印第安人内心无法抹去的印记进而也得到了有效的呈现。

在《爱药》系列和"正义三部曲"系列之外,厄德里克还创作了其他多部小说,其中,《甜菜女王》《羚羊妻》和《踩影游戏》(Shadow Tag, 2010)等都得到了读者和评论界的广泛认可。《甜菜女王》是一部结构相对松散的小说,背景设定在 1932 年至 1972 年的 40 年间,大部分的故事发生在北达科他州一个虚拟的小镇阿格斯,小说中的主要人物如阿达雷斯、科兹卡和华莱士·普费夫都是白人。虽然《甜菜女王》描写的是美国社会里的白人角色,但是在某种程度上小说还是受到了在白人价值观主导的社会中印第安历史和潜在意识的影响,"展现出微妙的族裔性"[117]43。然而,厄德里克在《甜菜女王》中将印第安人置于叙事边缘的手法引发了印第安文学界有关"印第安性"的著名论战。其中,莱斯利·西尔科对厄德里克的批判最为严苛,认为《甜菜女王》缺乏对印第安人族裔性的关注和现实关照,但是,正如路易斯·欧文斯所指出的那样,"辩论式的写作姿态只能将反映印第安经历、生活和文化多样性的异质文学逼上绝路"[118]。《甜菜女王》将族裔性放在更宏大的社会、历史和政治背景下加以考察,以相对隐秘的方式表达了作者对印第安人命运的深切关照。《羚羊妻》则是一部带有强烈魔幻现实主义风格的作品。小说糅合了印第安人编织玻璃珠的习俗、温迪戈神话故事、神灵入梦等传统文化因素,传达了几个世纪以来长存的印第安精神内核。小说故事始于美国内战后,一名白人骑兵在一场屠杀印第安奥吉布瓦村庄的行动中,救下了一名被捆在狗身上逃脱的女婴并将其收养。其后,白人士兵由加害者化身为施救者、赎罪者的行为,以及女婴母亲长达数年无法忘却失女之痛并坚持寻女的行为,构成了小说现代背景下发生在明尼阿波利斯两个家庭间复杂纠缠关系的历史和神话背景。《踩影游戏》是厄德里克一部令人惊叹的作品。小说跳出了《爱药》系列构建的北达科他州叙事空间以及复调叙事的手法,大胆探讨了爱的复杂本质、身份的流动边界,并剖析了一个家庭为了存续和救赎而经历的反复挣扎。小说女主人公艾琳发现自己的艺术家丈夫吉尔一直在偷看她的日记后,准备了一个秘密的蓝色笔记本记录自己婚姻和生活的真相,而那本吉尔一直偷看的红色日记则记录了艾琳虚构出来的婚外情,从而成为艾琳反抗吉尔男权意识的工具。小说虽然充满美国当代文学的元素,但也不缺少印第安文化传统的色彩。并且,厄德里克有意识地表现了殖民话语对印第安人的压制,并重点刻画了印第安女性遭遇的男权话语的控制。《踩影游戏》中的故事与厄德里克本人的婚姻经历有着一定的相似之处,似乎是作家对自己现实经历的一种投射,因此,相较于其他作品,《踩影游戏》具备了较为深刻和细腻的心理分析维度。

综观厄德里克的创作,其小说叙事的最大特点是多位叙述者同时出现在一个叙事文本中。

这种叙事策略既是她对印第安口述传统的承继,也是她对后现代实验性叙事手法的运用。印第安口述传统保证了印第安传统、习俗和神话故事的世代流传,对于土著印第安人的文化传承来说意义重大。因此,厄德里克在多部小说的创作中实际上刻意坚持了口头文学的传统。形式上,她的长篇小说虽然以短篇故事合集的形式出现,甚至有时由于多人站在各自角度对同一个事件或人物进行讲述,故而在故事情节发展上给人以松散或者前后矛盾的感觉,甚至还会给初次阅读她小说的读者带来一定的困惑。但是,多人叙事的写作策略恰恰也是厄德里克针对当代印第安人边缘化处境而表达出的一种文化抵抗策略,这样的多人叙事更象征了印第安人需要在白人主流文化背景下做出争取更多发声权和话语权的努力。厄德里克小说的后现代性特征主要体现在其叙事打破了传统的线性时间叙事的手法,并且采用了大量碎片化和拼贴的手法,而这与印第安口述传统中习惯于在讲述故事时将不同版本的声音整合在一起也有着密切的关系,并同时质疑了小说作为一种形式的稳定性。

另外,厄德里克小说的独特之处还在于其善于利用神话元素来传达印第安文化中独特的精神内核。其中,对印第安神话中"恶作剧者"形象的借用和改造是她较为常用的一种方式。在北美印第安文化体系中,恶作剧者通常是"文化英雄和训导者;也是花言巧语的骗子,爱耍诡计的好色之徒。他是社会规范的建立者;同时又不断违反、打乱规则。他是部落文化的核心;也是游走在社会边缘的流浪者"[119]119。借由"恶作剧者"形象的塑造,厄德里克小说文本,如《爱药》《痕迹》和《宾果宫》,呈现出的是一个受"恶作剧者"启发的叙事视角,透过这个视角读者可以窥到印第安族裔身份的多样性,印第安社区发展和文化传统的活力和延续性,进而作家以指向性的文学书写证明了齐佩瓦部落和文化的持存,否定了主流文化对印第安传统部落消失的刻板印象。"恶作剧者"们能够逃脱几乎任何情形下的危险,这种特质尤其吸引厄德里克,她认为印第安作家"在面对印第安人口巨大的损失时,必须讲述当代幸存者的故事,同时保护和颂扬灾难后依然留存的印第安文化内核"[120]。厄德里克小说作品中的"恶作剧者"以其超强的变形能力实现其在部落空间内外的自由越界,进而表明了印第安部落身份所具有的开放性和适应性。

在美国多元文化的背景下,厄德里克构建的小说世界彰显了印第安部落独特的文化价值。在她编织的这 17 部小说中,厄德里克忠实于印第安土著祖先的神话和艺术审美,描绘了当代语境下,美国印第安原住民作为几个世纪以来受到政治支配的民族的后代,如何遭遇和承受殖民主义和种族主义对印第安部族的持续影响,如何应对族群和个人在美国社会遭遇的各种危机。但是,不可否认的是,厄德里克不仅是一位印第安裔作家,她同时也是一位优秀的美国当代作家。厄德里克既关注与族裔性相关的主题,同时又探索了人类普遍的问题,如身份、爱以及生命与生活的意义,因此,她的作品不论是形式还是内容都在不断地打破本土文化和美国主流文化之间的二元对立,也使得作家毫无疑问地跻身美国当代经典作家的行列。

第三节　厄德里克小说中的生命政治——以"正义三部曲"为例

印第安文学自诞生直至今天,一直在努力呈现美国原住民的生活经历和部落历史,并对殖民主义进行批判。将印第安文学作为生命政治批判的文本加以分析,既可以挖掘美国殖民主义立场下被遮掩的生命政治对印第安人人口整体的破坏性治理,以及由此产生的对印第安裔个体生存的消极影响,也可以厘清印第安原住民对殖民主义生命政治治理的特定立场,以及这种立场对生命政治整体性的否定。福柯和阿甘本提出和建构的"生命权力"和"生命政治学"虽然是以早期欧洲和英美为背景,但是这些概念在研究殖民过程和殖民话语中有着不可忽视的适用性。将生命政治理论放在特定的土著历史背景下,可以分析殖民地国家的原住民在生命政治治理下的特殊生存处境,并论证殖民主义框架下生命政治治理手段在程度和方式上的不同以及这些手段的历史持续性,这些手段包含法律和司法话语、同化的政策和针对原住民土地、身体和生命的空间暴力。

厄德里克发表于 2008 年的《鸽灾》、2012 年的《圆屋》和 2016 年的《拉罗斯》被作家归于同一个系列,"正义"是这一系列的核心主题,探讨了印第安人在美国社会中的政治主权和生存权益等问题,因此,这三部小说毫无疑问是 21 世纪印第安文学作品中有关生命政治书写的典型文本。该系列对私刑、司法不公和同化政策的记录直接批判了殖民主义的生命政治治理;其从身体、社区和精神等角度对土著印第安人世界观和生命观的阐释,以文学语言所呈现的生命概念否定了生命政治理论和实践所依据的潜在逻辑和假设,并进而挑战了其所谓的普遍性。

《鸽灾》借用了历史上发生在 1897 年北达科他州埃蒙斯县的一起

真实事件：三个印第安人因为谋杀了一个白人家庭的几名成员而被白人暴徒处以私刑①。通过重构被美国主流和官方"宏大"话语消音的私刑事件，厄德里克消解了"宏大"历史对印第安民族历史的压制，表达了世代印第安人对正义和公正的强烈诉求。对于为什么会在自己的创作中涉及发生在 19 世纪末期的这次私刑事件，厄德里克曾有过这样的解释：

> 这本书围绕对印第安人的私刑展开。被私刑处死的是印第安男性，年轻的男人，甚至一个只有 13 岁的男孩。这个发生在 1897 年的特定历史事件一直困扰着我。它真的发生过，但我一直不知道该拿它怎么办。围绕着它，我多年来写了许多不同的故事…而这本书描述了一个社区该如何面对正义的缺失，因为正义从未得到伸张。写这本书是一种复仇的行为，而这种复仇曾在整个印第安社区的几代人心中回荡。[121]

可见，作家本身的创作初衷就体现出鲜明的历史意识和印第安人文化历史层面的"修复式正义观"，因为于她而言，小说创作是她作为印第安裔作家对抗官方叙事、表达政治批判和诉求、为印第安族裔群体声讨公正的一种手段。

但是，在《鸽灾》中，为了构建和方便小说故事的叙事，厄德里克将这个作为小说背景的事件延迟到了 1911 年，目的是以便将一位虚构的私刑幸存者穆夏姆，作为已经年近古稀的社区成员，安置在 20 世纪 60 年代北达科他州的普路托小镇，并借由他的讲述将这段历史重新呈现。小说中，伊芙琳娜从外祖父穆夏姆那里了解到了这起骇人事件的来龙去脉：1911 年，白人农场主洛克伦一家五口——"父母，十几岁的女儿，八岁的儿子和四岁的小儿子"，都被人枪杀了，但凶案现

---

① 1897 年，北达科他州埃蒙斯县威廉斯波特镇的白人斯拜瑟一家六口被人谋杀。五名印第安嫌疑人被指控因醉酒后未能在斯拜瑟家中买到酒而实施了犯罪。五人中有一人被判死刑，其余人因证据不足需要重审。当地三十多名白人冲进监狱将三位嫌疑人掳走，之后对其施行了绞刑，其中包括一名叫作保罗·圣迹的 13 岁男孩。这起私刑事件以其余二人被释放告终，但参与私刑的三十几位白人无一人受到追究。

场留下了一名女婴[122]307。路过农场的穆夏姆、阿西克纳克、卡斯伯特和圣迹一行四人听到女婴的哭声将其救下。但是因为担心被白人当作罪犯，他们只好偷偷给治安官留了一张写着"洛克伦家还有一人生还"的字条[122]63。女婴在第二天一早被治安官救下，但穆夏姆他们还是被白人栽赃当作了杀人凶手。白人盛怒之下意图报复，执意对这四人动用私刑，"即当时所谓'还算公正的处置'"[122]307。因执行私刑的暴徒中有人与穆夏姆的混血妻子有亲戚关系，穆夏姆逃脱了私刑，其他三人包括 13 岁的男孩圣迹均被私刑绞死。直至多年后，凶手被证实是一位精神失常、名叫沃伦·沃尔德的白人。穆夏姆的幸存和他对印第安口述传统的坚持，让这段尘封的往事在半个世纪后经他这位"创伤承载者和言说者"之口再次得以重现[114]57。

通过重述这个鲜为人知的事件，厄德里克试图强调印第安男性的慷慨、勇气和清白，以及作为种族主义者的白人私刑暴徒在认定印第安人有罪、可被白人任意处死时表现出的傲慢与自以为是。由此，小说揭示了暴力种族主义的生命政治逻辑：当一个白人家庭被残忍地谋杀时，被生命政治话语归类和妖魔化为"低等的""野蛮的"印第安人被认定为谋杀罪行的必然实施者，而白人暴徒施行的真正野蛮的私刑行为则被认定为法治的一个合法的"例外"。私刑者在绞死印第安人之前甚至不会问任何有关案件的问题，因为他们坚信种族和罪行之间存在必然的相关联系，并以此否认自己以所谓正义的名义实施的不公正行为。小说中，当治安官追赶上私刑暴徒，要求他们释放印第安小男孩奇迹时，一位名叫尤金·怀尔德斯特兰德的领头者愤怒地提及凶案现场，试图用谋杀场面的残暴和血腥为私刑寻找合理性，但却完全不理会印第安人的辩解和恳求，也完全忘记了杀死一名只有 13 岁的男孩又代表了怎样的残忍。

欧洲殖民话语对印第安人"野蛮"和"凶残"的模式化和标签化的定义有着复杂的历史根源。早在 16 世纪晚期，移居北美大陆的欧洲移民便开始在对印第安人的殖民话语建构中注入歧视性的表达，如"野人""红皮肤人"等称谓,以强化其高人一等的殖民霸权,例如在 1776 年的"美国独立宣言"中,土著印第安人便被称作"无情的印第安野人"。同时,白人殖民者对于新大陆土地和资源无休止的欲望使得印第安人在几个世纪以来一直处于被殖民主义话语贬抑、排除和边缘化的境地。自 18 世纪晚期开始,"为了强化主流社会的种族偏见,以达到否定他者异质性和整体性的目的",欧洲殖民话语开始带有明确的种族主义生命政治色彩[123]96。印第安人被主流话语借科学之名描述为退化的野蛮人种,并被认为具有暴力和犯罪的生物学和生理学倾向。种族理论家们更是认定种族退化与种族通婚之间有着必然的科学联系,因而白人与印第安人的混血儿通常被认为是人种退化的怪物,具有典型的罪犯特质。这样的话语逻辑是为白人殖民者对印第安人实施的种族主义行径寻找所谓"合理"的借口,极为符合福柯在《必须保卫社会》中从生命政治学视角对种族主义所做的分析和界定:

在人类的生物学连续中,出现了种族、种族的区分,种族的等级,某些种族被认为是好的,而其他的相反被认为是低等的,这一切将成为分裂有权力承担责任的生物学领域的手段;在人口内部错开不同集团的手段。简单说,就是在生物学领域内部建立生物学类型的区分。这将导致权力把人口当作各种族的混合体来对待,或更精确地说把它承担责任的人分为次集团,它们就是种族。这是种族主义的第一个功能,即在生命权力针对的生物学连续中进行分裂,造成区分。[78]194

对于生命政治话语逻辑刻意制造的区分与"人种降级",印第安人并非没有意识,只是殖民者的暴力掠夺和近乎种族灭绝的驱逐、杀戮行为让印第安人失去了发声的权力。《鸽灾》中,穆夏姆四人曾对是否应该带走女婴产生过激烈的争执。卡斯伯特执意带走婴儿,而阿西吉纳克提醒他:"你又没醉,怎么说出这种话?我们连平民老百姓都不如,包括我,我们是印第安人。如果你告诉白人治安官,我们可就没命了。"[122]63 而在面对要将他们绞死的白人暴徒时,卡斯伯特不由地大喊:"我们不是你们想的那种坏印第安人……我们,和你们是一样的!"[122]75 厄德里克通过这样的情节设置,让官方叙事中时常沉默、总是被消声的印第安人直击白人种族话语中的偏见与歧视,表达对被白人将印第安人妖魔化的强烈不满。

小说中,厄德里克对绞刑的场景和白人私刑暴徒的残酷做了细致描写。这些白人暴徒一直在寻找足够粗壮的大树来做合适的绞刑架,他们"一面用手臂和手掌量大小,一面讨论",仿佛在做一件稀松平常的事情[122]76。在种族主义恶意的驱使下,他们将毫无还击能力的印第安嫌疑人降为了生命政治视域下"可以被杀死,但不会被祭祀"的"神圣人"[26]13。依照阿甘本所界定的"神圣人"概念,定义"神圣人"状态的是人法和神法的双重弃置,以及"任何人可杀死他而不受制裁"的暴力,这种暴力"既不能被归类为祭祀,又不能被归类为杀人,既不能被归类为一项死刑的执行,又不能被归类为亵渎神圣之行为"[26]117。无论是在真实的历史还是虚构的小说情节中,没有一位白人私刑暴徒受到法律的追究,"无辜的人被处以绞刑,受到残酷杀害,正义并未得以伸张",即便是最后真相大白,也没有任何一位私刑的执行者受到追责和惩罚[122]318。

然而,在面对即将到来的死亡时,穆夏姆等人却表现得泰然自若。这样的情节设置一方面更加凸显了私刑者的冷酷无情,另一方面也表现了印第安人古老朴素的生命观在面对生命政治暴力宰制时所具有的消解力量。卡斯伯特和阿西吉纳克在被绞死前还在互相开着玩笑。在白人还在寻找适合的大树时,二人"开始轻轻敲打膝盖,压低声音含糊不清地哼出一段哀怨的旋律",用奥吉布瓦语为自己和伙伴唱起安魂曲[122]76。而当白人私刑者开始行动,他们突然"唱得很大声","狂野的假声,划破了空气",而歌声让原本恐惧的圣迹感到安心,因为他感受到歌声中的力量,也被奥吉布瓦语的歌词所抚慰:"这些白人算不了什么 / 他们伤害不了我 / 我会看见神秘之面孔。"[122]80

在印第安人的生命观中,肉体的死亡并不是灵魂的终结,而是回归自然的一个必然过程。他们相信"现世与祖灵、俗世与神圣、人与天、人与非人共同编织生生不息的网络",白人对其肉体的消除并不能终结灵魂的永恒[124]79。这种无畏死亡的态度无疑解构了种族暴力对生命的掌控,更凸显了生命政治话语在与种族主义的媾和中表现出的狭隘和自以为是。

《圆屋》的故事发生地依然是《鸽灾》中的普路托镇,小说一改厄德里克多人叙事的风格,采用了第一人称叙述者乔的单一视角,讲述了1988年他13岁时发生的故事。乔的母亲杰拉尔丁是普路托镇的印第安人口普查员,在一次外出时被白人林登·拉克暴力袭击和强奸。林登在杰拉尔丁和一同被他劫持的印第安少女梅拉身上浇上汽油,企图将二人烧死。在下山取火柴时,林登威胁杰拉尔丁如果敢逃跑或者跟任何人指认他,他就会杀死梅拉和她的女儿。侥幸逃脱的杰拉尔丁迫于威胁一直保持缄默,直至确定梅拉女儿的安全才敢指认林登。然而,由于林登选择处在保留地、州属地和联邦属地交界处的"圆屋"附近犯案,被蒙住头劫持的杰拉尔丁也不确定被强奸的案发地点,因而警察也无法确定案件审理过程中该选择哪一个适用的法律。同时,发生在州或联邦领地的案件,部落法院无权处理,而发生在保留地的案件,如果嫌疑人是白人,部落法庭也无权处置。因此,适用法的不确定和林登的白人身份这两个因素使得案件最后只能以林登被无罪释放作结。乔无法接受警方侦破案件时表现出的不力、案件审判遭遇的种种司法限制和林登被释放给母亲带来的恐惧不安,决定以自己的方式惩处罪犯。在好友卡皮的帮助下,乔最终枪决了林登,为被袭击的母亲和被杀死的梅拉寻求了"理想的公正"[125]316。

在《圆屋》中,厄德里克探讨了保留地司法不公的话题,在政治和法制的层面展开对美国主流话语的挑战与质询,因此小说中的"政治干预企图也比之前的作品更为直接、强烈"[126]19。借由乔和父亲在面对母亲遭受到毁灭性暴力侵犯后的无能为力,小说将个体遭遇与当代奥吉布瓦部落在美国社会的遭遇进行类比,并传达出明确的政治信息:印第安人在争取正义时总会受到来自权威的阻碍,因为美国政府的法律总在束缚着他们,使他们没有办法对受美国联邦政府保护的白人加害者施行正义;即便在当代社会,印第安人依然在承受来自殖民者的剥夺和排除。小说中并没有任何有关庭审和案件调查过程的描写,但印第安部落法院的无力和被动通过乔的父亲巴兹尔得到了呈现。巴兹尔是部落法官,毕业于明尼苏达大学法学院,"在很多地方都有执业资格,甚至包括美国最高法院"[125]43,但是奥吉布瓦部落法院对非印第安犯罪者没有任何司法管辖权,因此即使面对自己的妻子被白人强奸的案件,身为法官的巴兹尔也毫无办法。另外,厄德里克在小说后记也提到,2009 年发布的《不公正之迷宫》指出,"在强奸和性骚扰印第安妇女的男人中,86% 是非印第安人;几乎没人被起诉",因为这样的案件几乎不会有律师受理,即便受理,也很少有罪犯会被真正控诉。法治公正在保留地严重缺失,而这正是生命政治对所谓"劣等"种族进行纳入性排除的典型手段和方式。但是,联邦调查局的探员,如小说中的索伦·毕尔克,却可以任意插手保留地的事务。对此,厄德里克借叙事者乔之口,用真实的历史和法案做出了解释:

毕尔克之所以能依然插手保留地的事,得从偏袒乌鸦狗和 1885 年的《重罪法案》说起。早在那时,联邦政府就开始干预印第安人内部关于赔偿和处罚的判决。1953 年后印第安事务继续被插手。那一年对印第安人来说真是糟糕透顶:国会不仅决定在我们身上实施"印第安终止政策",而且通过了《第 280 号公法》,使某些州可对其境内的印第安土地行使刑事及民事司法权。[125]143—144

通过这些法案,美国建国早期承诺给予印第安部落的独立司法权逐渐被一点点蚕食,进而美国政府得以将印第安部落纳入其整体的管辖范围之内。部落法庭的权力被大打折扣,而像巴兹尔这样的法官只能审理一些"荒唐、不值一提"的小案子[125]49。如此,印第安保留地成为生命政治意义上的"例外空间",因为在这个空间内"正常秩序实际上被悬置",成为非印第安施暴者的特权空间[26]234。而印第安人则作为"悲惨的、被压迫的、被击败的人",在被纳入的排除中"承载了根本性的生命政治撕裂"[26]238。小说中,犯罪者林登认真研究过法律,刻意选择了"圆屋"附近实施犯罪。利用混乱的法律体系中保留地极为有限的司法管辖权,林登和现实中的诸多白人犯罪者都成功逃避了法律的惩罚。

同时,厄德里克在《圆屋》中刻画了自私恶毒的白人林登,并通过他投射出那些在美国当代社会依然对印第安人抱有仇视态度的白人心理,而这样的心理也反映了白人中心主义的生命政治逻辑。林登家开的加油站和杂货店的主要客户是部落成员,因为歧视性收费和企图掠夺部落成员土地被控告和抵制,之后破产倒闭。林登将家族生意的失败归咎于保留地的存在和保留地上居住的印第安人,并曾公开说过"让我们终止保留地","我们光明正大地打败他们"的言论,以表达对保留地制度的不满[125]53。在杰拉尔丁和梅拉的面前,林登用暴力强调自己白人男性的强者地位,并表达了对印第安人弱者地位的蔑视:"我和好多人一样讨厌印第安人,特别是因为你们很久之前就跟我们水火不容……强者就该统治弱者,弱者不能统治强者!弱者会拖垮强者。"[125]63林登基于种族差异对强者和弱者加以区分,其话语逻辑中带有明确的生命政治色彩:在白人眼中,各方面处于"劣势"的印第安人是天然的弱者和低等种族;白人与印第安人之间有着历史深远的种族矛盾和冲突,因此为了保证白人所谓优等种族的安全和生存,就必须将劣等的、作为潜在威胁存在的印第安人归入被排除、压制和治理的行列。

司法不公和白人的种族主义暴行带给乔的家庭和整个社区的伤害以乔和卡皮杀死林登告终。小说借此探讨了一个深刻的现实问题:"印第安社区整体和其中的个人在面对长期的正义缺席并相信很难寻求司法公正时,要么会陷入沮丧和绝望,要么会采取行动对种族主义暴行加以报复。"[108]65—66 乔对林登的枪决属于后者。虽然父亲巴兹尔以奥吉布瓦文化中"温迪哥法律"①对他行为的正义性做出了解释,乔也因为计划缜密逃脱了法律的追究,但他无法真正摆脱事件带来的影响。乔在杀人后因为内心无法向人倾诉的恐惧而感到极度压抑,并追问自己"现在我的灵魂会不会因为我的行为逃走呢?我会变成温迪哥吗?会被拉克传染吗"?[125]300 杀人的罪恶感让他担心自己变成了像林登一样的恶人,即使逃脱了罪责但他也总是感到背后抓捕自己的"警察"那焦灼的目光,童年这段悲伤又无法告与他人知的经历似乎将会伴随他一生。由此,厄德里克在《圆屋》中对正义话题的思考表现了印第安人的集体焦虑:印第安部落虽然不乏张扬正义的文化和民间"法律",但是印第安古老的正义之法想要得以复兴,恐怕将会面临重重困难,而这困难既来自印第安社区外部白人世界的阻挠,也来自社区内部对以暴制暴正义性与否的困惑。同时,在种族主义和生命政治治理所生成的例外空间内,印第安人想要在美国司法体系内寻求正义的前路依旧显得极为茫然,这在小说最后的结语中也得到了体现:"悲伤融入了我们小小的永恒,我们避而不谈,在这悲伤中,我们径直向前开去。我们只是继续向前。"[125]328

　　作为"正义三部曲"的收官之作,《拉罗斯》出版后受到广泛关注,在各大媒体倍受赞誉,并为厄德里克再一次赢得美国书评家协会奖。小说故事发生在 1999 年的普路托镇,奇佩瓦印第安人朗德罗·艾恩在狩猎时误杀了白人邻居彼得·拉维奇五岁的儿子达斯提。警方经过仔细调查判定朗德罗无罪,但他始终无法平复内心对彼得夫妇的愧疚和失误杀死达斯提的自责。在参加奥吉布瓦汗蒸屋仪式向祖先寻求指引时,朗德罗夫妇二人得到来自印第安神灵的启示,决定依照传统将家中最小的孩子拉罗斯送给拉维奇一家抚养。小男孩拉罗斯

---

① 在奥吉布瓦传说中,温迪哥是一种食人的恶灵。人一旦被温迪哥附体,便会变得疯狂暴虐、失去人性。因此,对付温迪哥的办法只要将其杀死。小说中,父亲巴兹尔认为林登符合温迪哥的定义,对他的枪决符合"温迪哥法律"的传统判例。

纯洁善良,身上具有神奇的疗愈力量,他的存在抚慰和修复了悲剧事件给两家人带来的心灵创伤。厄德里克通过小说强调了印第安"修复式正义"(Restorative justice)这一传统正义法则在"修复受害者所受的伤害,补救社区共同体的损失"中所具有的有效性[127]89。

相较于前两部作品,《拉罗斯》关注的焦点虽然更多地凝聚在印第安部落传统中的修复式正义、自我牺牲、赎罪和创伤治愈的主题上,但是厄德里克通过在主线故事中穿插描写美国政府的印第安同化政策,特别是印第安儿童被强制送入寄宿学校的制度,表现了此类殖民手段给奥吉布瓦人带来的肉体与精神伤痛。印第安寄宿学校制度始于19世纪末期,建立的初衷是以学校教育为手段让印第安后裔更好地适应和融入白人社会,也就是所谓的"文明化"与同化印第安人。印第安孩子被勒令送往远离印第安保留地、条件艰苦的寄宿学校,在长达数年的时间里,他们受到半军事化的严格管理,并同时需要学习英语、进行技能训练并接受基督教精神。寄宿学校作为一种具象化的封闭性、分隔性和功能性生命政治空间,具有拘囿、管教、规训和矫正印第安儿童的功能。经过"不间断的、持续的强制"[77]155,寄宿学校试图在潜移默化中改变印第安儿童主体的精神世界,并在阻断印第安文化、传统价值观和古老宗教信仰的过程中,"根除印第安人的族群意识和部落认同,培养其公民意识与美国认同",进而将其塑造成为适合白人殖民统治秩序的印第安后裔[128]。

小说讲述了拉罗斯家族长达百年的历史,贯穿了五代人的经历,其中每代人中都有一人名叫拉罗斯,而前四代拉罗斯皆为女性,并且都有过寄宿学校的不堪经历。在寄宿学校的规训空间内,她们都不同程度地被迫承受着教育同化政策对其自由的剥夺和对其个体的改造。第一代拉罗斯被送往的是一个专门为印第安人设立的教会寄宿学校。对于天性自由,与自然为伴的印第安儿童来说,教会寄宿学校的管教制度对他们的肉体和精神都有着巨大的破坏性作用。在这个封闭的空间内,印第安儿童失去了自由,而"太多的铃声"将时间分割更是起到规范他们行为的作用[129]134。他们的饮食、服装和语言习惯也在最大程度上被强制性地改变，即便这些改变给他们的生理和心理都带来了难言的不适感：

> 她的羊毛连衣裙和紧身胸衣紧绷着，羊毛内衣痒得要命。她的脚疼痛难忍，在坚硬的皮革里散发着汗臭。她的手裂开。她总是很冷，但她已经习惯了。食物通常是被煮的烂臭的咸肉和卷心菜，让宿舍里充满屁的臭味，他们被迫喝的牛奶也一样臭。但不管多生，多烂，多怪，她都得吃，所以她习惯了。很难听懂老师的话，也很难用他们的语言说她需要什么，但她还是学会了。晚上，床上的哭声让她睡不着，但很快她就哭了，放了个屁，然后和其他人一起睡了。[129]146

寄宿学校对印第安儿童的改造和重新塑形是制度化的，而其依照的标准是欧洲中心的殖民社会对"文明""开化"的定义和对印第安部落生活习惯和语言的否定。生命权力以隐秘的、不动声色的方式，通过将印第安人的后裔塑造为符合白人社会价值判断的驯顺个体，从而消除想象中的"他者"个体和群体对白人社会发展所具有的潜在"抵抗"和"威胁"。不过，第一代拉罗斯只是让自己去习惯寄宿学校的生活，并有意识地尽力保留印第安文化和精神，因为这些是"很难从她身上被割裂的部分"，因此，寄宿学校对于她的同化并不彻底和成功[129]144。但是，她在寄宿学校染上了肺结核，而这个疾病最终夺去了她的生命，也影响了她之后的几代人。她所在的寄宿学校里，有许多儿童死于"麻疹、猩红热、流感、白喉、肺结核和其他不知名疾病"，这些传染性的疾病是白人殖民者带给印第安人的灾难，是印第安人人口大幅度锐减的最大祸首[129]146。福柯在《必须保卫社会》中曾经指出，不能把使人死"简单地理解为直接的杀人，而是所有的间接杀人；置人于死地，增加死亡的风险，或者简单的，政治死亡、驱逐、抛弃，等等"[78]195。条件恶劣、环境封闭的寄宿学校加速了疾病的传播和印第安儿童死亡率的上升，在无形中完成了生命权力调整人口数量和构成的目的，而这种调整恰恰符合了白人在历史上曾试图对印第安人实施的种族灭绝政策。

第二代拉罗斯所经历的寄宿学校在改造和同化印第安后裔方面更为全方位和彻底，并带有更为明显的种族主义倾向。她被强制送往由理查德·普拉特开办的卡莱尔印第安工业学校，该校是历史上真实存在的、最早的印第安寄宿学校。在那里，印第安后裔接受的教育课程和规训有了更为明确的经济目的，即把他们训练成能够给白人提供服务和创造财富的廉价劳动力资源，使其成为美国经济发展所需的劳动力人口的一部分。第二代拉罗斯在寄宿学校学会了各项家务劳动的技能，例如织布、熨烫、缝纫、种菜、烹饪、清洗，进而被当作免费的劳动力从事繁重的劳作而被学校盘剥。她常常要在高温中持续工作长达十个小时，辛苦种出的蔬菜果实自己无法享用而是被学校卖掉挣钱，还要在所谓的"校外实践活动"中，为白人清洁房间，"用小刀挖出堆积在角落里的灰尘。擦亮灰色的大理石地板。将木制品擦到闪闪发光"[129]200。同时，卡莱尔学校对印第安学生的精神规训带有更为具体的种族主义意图。学生们被要求学习白人历史、礼仪和文化，并被强制灌输接受美国的种族等级划分，拉罗斯被要求记住一份种族名单，而在这个名单上"白人被置于顶端，其次是黄种人、黑人，最后是野蛮人。而根据课程所学，她所属的种族位于最底层"[129]200。学校创始人普拉特曾公开发表言论，毫不掩饰其对印第安人的种族歧视和对种族同化政策的支持：

一位伟大的将军曾说过，只有死了的印第安人才是好印第安人。对他这种毁灭性言论的高度认可是促成印第安大屠杀的因素之一。在某种意义上，我认同这种想法，但我所认为的屠杀应是精神层面的：印第安人的种族特性需要被消除；只有消除栖身在印第安人肉体上的印第安种族特性，他作为一个人才能被真正救赎。[129]201

此番言论说明普拉特的同化教育理念建立在消除印第安传统和

文明的基础之上,也反映了生命权力对印第安人口治理策略的变化,从以大屠杀为手段的人口灭绝转向"提升"印第安人口以适应美国经济社会发展的内在需求。因为,正如福柯的分析所说,"资本主义的发展要求的更多。它要求增大肉体的规训和人口的调节,让他们变得更加地有用和驯服"。[62]91 因而,生命权力此时需要的是"连续的、调整的和矫正的机制"来将生命"纳入一个有价值的和实用的领域之中"[62]93。印第安住宿学校这类生命权力的规训装置所创造的肉体驯顺性,由此被用以增强经济社会的实用性,而经济效益的最大化也成为判断印第安同化政策有效性的一个重要标准。

厄德里克在《拉罗斯》中对印第安寄宿学校的书写与她之前的作品有着很明显的区别,在这部小说中,寄宿学校不再是她曾经描绘的庇护印第安儿童安全的港湾,作家通过几代拉罗斯的经历呈现了作为同化政策重要构成部分的寄宿学校在瓦解印第安社区、破坏印第安文化传承、割裂印第安后裔与部落宗教信仰上的历史作用。印第安儿童被强制送往寄宿学校,无法与家人和部落接触,并被灌输美国主流价值观中的"个人主义、勤奋、自律、资本主义和印第安人种族的低劣性",从而被塑造为有用的、为白人服务的底层阶级,同时使他们成为甘愿接受土地、资源被白人掠夺的驯顺的群体[130]。印第安寄宿学校在殖民主义计划的历史背景下,以消除部落儿童的身份归属和文化认同,实现了生命权力隐秘范式下的种族灭绝,其系统化、制度化的生命政治治理带给印第安的集体创伤,在经过了几个世代之后,直至今日依然没有消失。

综观厄德里克的"正义三部曲",其对公正问题的探讨和影射使得这三部小说具有相较此前作品更明确的政治指涉性。"正义三部曲"虽然延续了厄德里克以往作品对印第安历史创伤和当代生存困境的关照、对印第安部落传统文化的呈现和对印第安家庭和社区关系的探究,但作家同时也更为深入地洞察到印第安文学在实现印第安部落在当代美国社会持续进步和主体权力生成中的作用。这三部小说分别关涉到私刑、司法不公和印第安同化政策等种族和政治话题,书写了印第安个人和群体在美国殖民历程中所遭遇的不公待遇,进而质疑了殖民主义话语与生命政治治理中的种族主义逻辑,因此,小说对增强印第安民族自信、促进非殖民化斗争和为印第安群体谋求现实层面的公正和正义都有着重大意义。

结　语

　　美国少数族裔在经济、政治、社会等制约因素的共同合力下,因其种族的"特殊性"时常遭遇生命政治的否定性与压制性治理。在人口学、生物学、医学、自由主义经济治理、国家权力装置、例外状态下的法律悬置和种族主义等因素的共同作用下,族裔个体和群体在美国历史的不同时期都曾遭遇生命政治或显或隐的治理,经历难以挣脱的生存困境,并承受不同程度的身心创伤。然而,在美国官方宏大叙事中,看似多元的话语体系并未完全坦诚自己的种族暴力史,诸多现实存在的种族问题常常被刻意忽视和隐瞒而变得不可见。美国族裔文学自其产生伊始,便凭借其语言所具有的多义性和生动性解构生命权力意志下的官方话语,成为族裔作家争夺话语权和意义阐释权的一种强有力手段。因此,在对美国族裔文学的阅读和对族裔文学创作的学术研究中,因族裔文学本身对种族问题的深入书写和呈现,有关美国族裔问题的思考与讨论是无法刻意回避和绕开的。

　　进入 21 世纪以来,美国族裔文学对美国社会、经济、政治和种族问题的认识不断深化,作家们从历史和现实的各个方面思考和书写美国图景下的族裔经历,创作出了大批优秀作品。这些作品以严肃的主题刻画了族裔群体在不同时期的生存处境,在对历史和现实的观照中,深切关注族裔群体的创伤经历、当下的现实处境和未来命运,因而,其书写中蕴含的生命政治内容有着广阔的视野,其对生命政治治理内在逻辑的揭示和批判全面而深刻。

　　美国非裔文学向来关注黑人的生存困境,抨击美国的种族偏见与社会不公,是黑人反抗压制、争取自由的利器。21 世纪最有影响力的非裔小说家当属托妮·莫里森和科尔森·怀特海德。作为非裔小说家中的中流砥柱,莫里森在其小说创作中一如既往地保持着她对不同历史时期黑人命运的关切和悲悯,而作为新生代非裔小说家的怀特海德,则在其对黑人经历的描写中,融入了他对美国后民权和后种族时代的深刻认识和严肃思考。本书所探讨的这两位作家的《家》与《地下铁道》,虽然各自聚焦美国历史的不同时期,但都深刻揭示了生命政治对黑人身体自奴隶制时期便开始的持续征用和剥削,黑人人口数量和流动性遭遇的全方位控制,以及黑人在种族社会层面所面临的不同形式的生命宰制。

奇卡诺/纳文学作为美国西语裔文学的分支,其产生本身就深受美国民权运动的影响,表达了墨西哥裔美国人对民主权力和身份认同的诉求,以及他们对美国主流文化和内部殖民的抗争。其中,阿里杭德罗·莫拉利斯和桑德拉·希斯内罗丝是21世纪最为活跃和最具代表性的美国西语裔作家。莫拉利斯的历史小说明确表达了对主流社会刻意遗忘墨西哥族裔生存困境的不满,其多部作品对瘟疫治理、优生学思潮和人体医学实验的关注和书写,具有深刻的生命政治隐喻与表征。希斯内罗丝在其自传中,延续了成名作《芒果街上的小屋》对墨西哥裔生存空间和女性成长的关注,并更为深入地讨论了生命政治基于族裔和性别而制定的区分机制和行为规约。

美国印第安文学同样受到民权运动影响,在进入20世纪六七十年代以来,逐渐摆脱文化灭绝政策和宗教同化的影响,开始重建其印第安主体与文化属性。印第安作家们在对历史和现实的书写中,或直接或间接地表达了对美国采取的同化政策和种族灭绝政策的批评和控诉。路易斯·厄德里克是21世纪印第安文学界当之无愧的翘楚,其创作在新世纪愈发表现出明确的政治干预诉求和对主流话语的挑战。本书所选的"正义三部曲"涉及私刑、司法不公和印第安寄宿学校,都明确呈现了在印第安保留地这一特定的生命政治空间内,印第安人曾经和正在遭受的不公待遇。

综观21世纪美国族裔文学,族裔个体和群体在美国社会中的生存现实与困境依然是作家们关注的重点之一。不同族裔的文学书写在生命政治视域下具有许多共同的内容和指向,其所揭示的生命政治治理逻辑有着明确的内在一致性。同时,其对历史创伤的言说、对回归传统文化的呼吁和对社区共同体生活的描述都反映了作家们对生命政治治理和族群命运的思考,传达了他们借助自身力量消解权力压制的愿望。当然,在共性之外,美国不同族裔文学对生命政治的书写也表现出了一定的差异性,这与不同族裔群体在美国历史发展中遭遇的生命政治治理方式有着密切关联。非裔经历的奴隶制、种族隔离制度,西语裔遭遇的内部殖民,印第安裔承受的种族灭绝和同化政策,都表现出生命政治治理的不同方式和手段,进而为族裔文学提供了不同的历史和现实素材。

由于撰写该书的时间和精力有限,本书难免会存在不足和疏漏之处。本书选取非裔、西语裔和印第安裔文学为主要研究对象,对美国族裔文学中的犹太裔文学和亚裔文学未有涉及,在以后的相关研究中,可以选取这两个族裔的作家作品,使 21 世纪美国族裔文学中的生命政治书写研究更具整体性和系统性。另外,笔者主要运用生命政治的关键词和理论视角展开讨论,虽然已经有了跨越文学批评和政治哲学研究的雏形,但是跨学科的广度和深度还很欠缺,以后还需在此方面更加广泛和深入地思考和打磨。

参考文献

［1］ FOUCAULT M. The Essential Foucault：Selections from the Essential Works of Foucault, 1954–1984 ［M］. New York：New Press, 2003：242.

［2］ AGAMBEN G. Homo Sacer：Sovereign Power and Bare Life［M］. Trans. Daniel Heller–Roazen. Standford：Standford University Press, 1998.

［3］ 王家湘. 黑人女作家托妮·莫里森作品初探［J］. 外国文学, 1988 （4）：76–86.

［4］ 曾竹青.《所罗门之歌》中的记忆场所［J］. 当代外国文学, 2015 （1）：97–98.

［5］ 王玉括. 爱与种族——评莫里森书写人性镜像之《爱》［J］. 山东外语教学, 2017（6）：60–66.

［6］ 史敏. 心理创伤·文化创伤·种族创伤——论《恩惠》的创伤主题［J］. 广东技术师范学院报, 2019, 40（2）：62–67.

［7］ 胡俊. 对抗记忆：评托妮·莫里森的小说《家》［J］. 北京航空航天大学学报（社会科学版）, 2017, 30（6）：63–68.

［8］ YOUNG H. Pessimism and the Age of Obama ［J］. American Literary History, 2016（28）：854–58.

［9］ 王卓.《上帝帮助孩子》中的肤色隐喻与美国后种族时代神话［J］. 当代外国文

［10］ LECLAIR T. The Language Must Not Sweat：A Conversation with Toni Morrison ［A］. Conversations with Toni Morrison ［C］. ed. Danille Taylor Guthrie. Jackson：University Press of Mississippi, 1994：120.

［11］ 高继海. 托尼·莫里森小说的叙述特色［J］. 解放军外国语学院

学报，2002（1）：67–71.

[12] 唐红梅. 论托尼·莫里森《爱》中的历史反思与黑人女性主体意识 [J]. 当代外国文学，2007（1）：33–40.

[13] 孔令琳. 托尼·莫里森的多角度叙述写作特点 [J]. 大众文艺，2010（23）：149–150.

[14] 王守仁. 走出过去的阴影 —— 读托妮·莫里森的《心爱的人》[J]. 外国文学评论，1994（1）：37–42.

[15] ANDRES E. From Korea to Lotus, Georgia：Home, Displacement and the Making of Self in Toni Morrison's Home[A]. Cultures in Movement[C] eds. Martine Raibaud, et al. E-book, Cambridge Scholars, 2015：111.

[16] 艾伦·布林克利. 美国史 [M]. 邵旭东，译. 海口：海南出版社，2014：825.

[17] SHEA L. Toni Morrison on "Home"[EB/OL]. （2012–05–07）[2018–07–16]. http://www.elle.com/culture/books/interviews/a14216/toni-morrison-on-home-655249/.

[18] 艾伦·霍恩布鲁姆、朱迪斯·纽曼等. 违童之愿：冷战时期美国儿童医学实验秘史 [M]. 丁立松，译. 北京：三联书店，2015.

[19] 托尼·莫里森. 家 [M]. 刘昱含，译. 海口：南海出版公司，2014.

[20] FOUCAULT M. Society Must Be Defended：Lectures at the College de France, 1975—1976 [M]. Trans. David Macey. New York：Picador, 2005：242.

[21] 吴冠军. 生命政治：在福柯与阿甘本之间 [J]. 马克思主义与现实，2015（1）：93–99.

[22] WASHINGTON H A. Medical Apartheid：The Dark History of Medical Experimentation on Black Americans from Colonial Times to the Present [M]. New York：Harlem Moon, 2006.

[23] 托尼·莫里森. 天堂 [M]. 胡允恒，译. 上海：上海译文出版社，

参考文献

2005:125.

[24] CASTOR L. "The House is Strange": Digging for American Memory of Trauma, or Healing the Social in Morrison's Home[A]. Living Language, Living Memory: Essays on the Works of Toni Morrison[C]. eds. Kerstin Shands and Giulia Mikrut. Huddinge: Sodertorn University Press, 2014 : 139–150.

[25] MORRISON T. Rootedness: The Ancestor as Foundation[A], Black Women Writers (1950—1980): A Critical Evaluation[C]. ed. Mari Evans. New York: Anchor, 1984 : 344.

[26] 吉奥乔·阿甘本. 神圣人: 至高权力与赤裸生命 [M]. 吴冠军, 译. 北京: 中央编译出版社, 2016.

[27] SANTNER E L. On Creaturely Life: Rilke, Benjamin, Sebald [M]. Chicago: Chicago University Press, 2006 : 13.

[28] 米歇尔·福柯. 安全、领土与人口 [M]. 钱翰、陈晓径, 译. 上海: 上海人民出版社, 2010 : 5.

[29] 吴冠军. 生命政治论的隐秘线索: 一个思想史的考察 [J]. 教学与研究, 2015（1）: 53–62.

[30] HARACK K. Shifting Masculinities and Evolving Feminine Power: Progressive Gender Roles in Toni Morrison's *Home*[J], *The Mississippi Quarterly*, 2016(69): 371–395.

[31] 埃米利亚诺·萨奇. 生命政治的悖论: 人口群体与安全机制 [J]. 国际社会科学杂志, 2013（3）: 67–79.

[32] 汪民安. 从国家理性到生命政治: 福柯论治理术 [J]. 文化研究, 2014（18）: 100–118.

[33] 朱迪斯·巴特勒. 脆弱不安的生命: 哀悼与暴力的力量 [M]. 何磊、赵英男译. 开封: 河南大学出版社, 2013: 67.

[34] PENNER E. For Those "Who Could Not Bear to Look Directly at the Slaughter": Morrison's Home and the Novels of Faulkner and Woolf

[J], African American Review, 2016(49): 343-359.

[35] SCHREIBER J. Race, Trauma and Home in the Novels of Toni Morrison [M]. Baton Rouge: Louisiana State University Press, 2010: 1.

[36] BOUSON B. Quiet as It's Kept: Shame, Trauma, and Race in the Novels of Toni Morrison [M]. Albany: State University of New York Press, 2000: 3.

[37] O'REILLY A. Toni Morrison and Motherhood: A Politics of the Heart[M]. New York: SUNY Press, 2004: 4.

[38] 南希·弗雷泽. 福柯论现代权力 [A]. 福柯的面孔 [C], 汪民安等编. 北京: 文化艺术出版社, 2001: 133.

[39] YOO J. Remembering the 'forgotten war' after 9/11: Indignation and Home[J]. Orbis Litterarum, 2018(73): 213-224.

[40] 包亚明. 游荡者的权力: 消费社会与都市文化研究 [M]. 北京: 中国人民大学出版社, 2004: 8.

[41] AGAMBEN G. Means without End: Notes on Politics[M]. Trans. Vincenzo Binetti and Cesare Casarino. Minneapolis: University of Minnesota Press, 2000.

[42] BAILLIE J J. Toni Morrison and Literary Tradition: The Invention of an Aesthetic[M] London: Bloomsbury, 2013: 197.

[43] MAUS D C. Understanding Colson Whitehead[M]. Columbia: University of South Carolina Press, 2014: 1.

[44] SHUKLA N. Colson Whitehead: Each Book an Antidote[EB/OL]. (2013-04-24)[2020-09-20]. http://www.guernicamag.com/daily/colson-whitehead-each-book-an-antidote/.

[45] WHITEHEAD C.The Intuitionist[M]. New York: Anchor Books, 2000: 151.

[46] 周凌敏. 思辨实在论视角下的《直觉主义者》的升降机书写

［J］. 山东外语教学, 2019（2）: 85-94.

[47] ZALEWSKI D. Interview: Tunnel Vision［EB/OL］.（2001-05-13）［2020-10-27］. https://www.nytimes.com/2001/05/13/books/interview-tunnel-vision.html

[48] FAIN, K. Colson Whitehead: The Postracial Voice of Contemporary Literature［M］. New York: Rowman & Littlefield, 2015: 77.

[49] MECHLING L. Mapping Out a Novel［J］. Wall Street Journal 2, 2009.

[50] NAIMON D. Q & A: Colson Whitehead［EB/OL］.（2012-09-12）［2020-10-18］. http://www.tinhouse.com/blog/16941/q-and-a-colson-whitehead.html.

[51] 谌晓明. 后灵魂美学与《地下铁道》的生命叙事 ［J］. 浙江外国语学院学报, 2019（1）: 88-96.

[52] ROBERTS D. Killing the Black Body: Race, Reproduction, and the Meaning of Liberty ［M］. New York: Pantheon Books, 1997: 4.

[53] SMITHERS G D. Slave Breeding: Sex, Violence, and Memory in African American History ［M］. Gainesville: University Press of Florida, 2012: 150.

[54] WHITEHEAD C. Colson Whitehead's 'Underground Railroad' Is a Literal Train to Freedom［EB/OL］.（2016-08-08）［2020-10-18］. http://www.npr.org/2016/08/08/489168232/colson whiteheads-underground-railroad-is-a-literal-train-to-freedom.

[55] LI S. Genre Trouble and History's Miseries in Colson Whitehead's The Underground Railroad ［J］. MELUS, 2019（44）: 1-23.

[56] DISCHINGER M. States of Possibility in Colson Whitehead's The Underground Railroad［J］. The Global South, 2017（11）: 82-99.

[57] TOMEK B C. Restricting Black Mobility as a Key Function of Racial Control in Post-Emancipation Societies［J］. Pennsylvania History: A Journal of Mid-Atlantic Studies, 2017（84）: 548-555.

[58] SIMPSON T. The Underground Railroad by Colson Whitehead（Review）[J]. Callaloo, 2017（40）:183-86.

[59] MORGAN J L. Laboring Women:Reproduction and Gender in New World Slavery [M]. Philadelphia:U of Pennsylvania Press, 2004.

[60] SHARPE C. Black Studies:In the Wake [J]. The Black Scholar 2014（44）:59-69.

[61] WHITEHEAD C. The Underground Railroad [M]. New York:Anchor Books, 2016.

[62] 米歇尔·福柯.性经验史 [M].佘碧平,译.上海:上海人民出版社, 2005.

[63] 傅景川,柴湛涵.美国当代多元化文学中的一支奇葩——奇卡诺文学及其文化取向 [J].吉林大学社会科学学报,2007(5):126-133.

[64] LOPEZ M. Three Critical Texts of the Chicano Generation of the Eighties[D]. Stanford Center for Chicano Research, Stanford University, 1992:4.

[65] FRANCO D. Working Through the Archive:Trauma and History in Alejandro Morales's The Rag Doll Plagues[J]. Modern Language Association, 2005（120）:375-387.

[66] 李保杰.城市历史与空间政治——《天使之河》中的洛杉矶 [J].山东外语教学,2017(5):57-64.

[67] GARCIA M. Writer Alejandro Morales to Receive Luis Leal Literature Award [EB/OL].（2007-07-26）[2019-08-28]. http://www.ia.ucsb.edu /pa /display.aspx? pkey = 1638

[68] MORALES A. The Rag Doll Plagues[M]. Houston:Arte Pubico Press, 1992:61.

[69] MARQUEZ A C. The Use and Abuse of History in Alejandro Morales's The Brick People and The Rag Doll Plagues[J]. Gurpegui, 1995（20）:

76–85.

[70] 米歇尔·福柯. 什么是批判 [M]. 汪民安, 编. 北京: 北京大学出版社, 2016: 237.

[71] 王守仁. 历史与想象的结合——莫拉莱斯的英语小说创作 [J]. 当代外国文学, 2006 (2): 44–52.

[72] HERRERA-SOBEK M. Epidemics, Epistemophilia, and Racism: Ecological Literary Criticism and The Rag Doll Plagues[A]. Alejandro Morales: Fiction Past, Present Future Perfect[C]. ed. J. A. Gurpegui. Arizona: Bilingual Press, 1996. 86–98.

[73] MORALES A. The Captain of All These Men of Death[M]. Arizona: Biingual Press, 2008.

[74] 陈培永. 福柯的生命政治学图绘 [M]. 北京: 中国社会科学出版社, 2017.

[75] 蓝江. 赤裸生命与被生产的肉身: 生命政治学的理论发凡 [J]. 南京社会科学, 2016 (2): 47–55.

[76] 王桂艳. 福柯"生命政治"中的核心概念 [J]. 国外社会科学, 2015 (2): 111–17.

[77] 米歇尔·福柯. 规训与惩罚 [M]. 刘北成、杨远婴, 译. 北京: 生活·读书·新知三联书店, 2012.

[78] 米歇尔·福柯. 必须保卫社会 [M]. 钱翰, 译. 上海: 上海人民出版社, 2010: 194.

[79] 张凯. 生命政治 [J]. 外国文学, 2015 (3): 103–10.

[80] MORALES A. River of Angels [M]. Huston: Arte Publico Press, 2014: 73.

[81] 石平萍. "奇卡纳女性主义者"、作家桑德拉·西斯内罗斯 [J]. 外国文学, 2005 (3): 16–18.

[82] 李道全. 逃离与复归:《芒果街上的小屋》的移民社区书写 [J]. 东北大学学报: 社会科学版, 2010 (3): 273–277.

[83] 张莉.文学的疗愈作用 [M].济南：山东大学出版社，2018.

[84] 桑德拉·希斯内罗丝.喊女溪 [M].夏末，译.南京：译林出版社，2010：46.

[85] 任文.美国墨西哥裔女性文学——不应被忽视的声音 [J].西南民族大学学报（人文社科版），2005（6）：134-137.

[86] 桑德拉·希斯内罗丝.芒果街上的小屋 [M].潘帕，译.南京：译林出版社，2006.

[87] 瞿世镜.意识流小说家伍尔夫 [M].上海：上海文艺出版社，1989.

[88] ILAN S. Hispanic Americans［M/CD］.Microsoft Encarta Encyclopedia, 2002.

[89] 李保杰.当代奇卡诺文学中的边疆叙事 [D].山东大学，2009.

[90] 王黎君.论儿童视角小说的文本特征 [J].浙江社会科学，2010（8）：107-110.

[91] ARANDA P E. Rodriguez. On the Solitarya Fate of Being Mexican, Female, Wicked and Thirty-three：An Interview with the Writer Sandra Cisneros［J］. The Americas Review, 1990（18）：65-80.

[92] 石平萍.开辟女性生存的新空间——析桑德拉·西斯内罗斯的《芒果街的房子》[J].外国文学，2005（3）：25-29.

[93] 桑德拉·希斯内罗丝.芒果街，我自己的小屋 [M].程应铸，译.海口：南海出版公司，2017.

[94] PASCAL R. Design and Truth in Autobiography ［M］. London and New York：Routledge, 2016.

[95] 勒热讷.自传契约 [M].杨国政，译.北京：生活·读书·新知三联书店，2001：3.

[96] 杨正润.现代传记学 [M].南京：南京大学出版社，2009.

[97] 傅小平.时代的低语：当代文学对话录 [M].北京新华先锋出版公司，2020：359.

[98] 邹兰芳. 想象的国度:现代阿拉伯童年自传及文化建构 [J]. 现代传记研究, 2014(2):133-151.

[99] 加斯东·巴什拉. 空间的诗学 [M]. 张逸婧,译. 上海:上海译文出版社, 2020:5.

[100] 李保杰. 从墨西哥女性原型看桑德拉·西斯奈罗斯小说中女性形象的嬗变 [J]. 天津外国语学院学报, 2010(4):50-56.

[101] 钱钟书. 写在人生边上 [M]. 沈阳辽宁人民出版社, 2000:4.

[102] 刘小云. 阐释学的文本解读 [J]. 求索, 2010(6):119-121.

[103] 伽达默尔. 真理与方法(上卷)[M]. 洪汉鼎,译. 上海上海译文出版社, 1999.

[104] 邹惠玲,丁文莉. 同化·回归·杂糅——美国印第安英语小说发展周期述评 [J]. 外国文学研究, 2009(3):44-51.

[105] 曾令富. 多元文化大合唱中的响亮声音——美国印第安文学的复兴及其发展现状 [J]. 四川教育学院学报, 2017(1):41-44.

[106] CHAVKIN A. and NANCY FEYL CHAVKIN, eds. Conversations with Louise Erdrich and Michael Dorris [M]. Jackson:UP of Mississippi, 1994:139.

[107] ERDRICH L. "Author's Note, " in Love Medicine[M]. New York:Harper Perennial, 2009.

[108] KURUP S. Understanding Louise Erdrich[M]. Columbia:The University of South Caroline Press, 2016:31.

[109] 李翠翠.《爱药》的对位式复调叙事策略及意义 [J]. 社会科学阵线, 2017(9):260-264.

[110] 陈召娟,邹惠玲. 论《宾果宫》中利普沙·莫里西的精神归家旅程 [J]. 湖北第二师范学院学报, 2014(12):17-19.

[111] 方丹. 生态扩张与文化渗透:《痕迹》中内部殖民的隐秘路径解读 [J]. 外语与外语教学, 2015(3):92-96.

[112]　陈靓.《四个灵魂》中的恶作剧者叙述 [J]. 外国文学研究，2018（4）：136-144.

[113]　袁小明."圣徒"的重新定义——《小无马地奇迹的最后报告》宗教研究 [J]. 南京工程学院学报（社会科学版），2017（4）：31-35.

[114]　杨恒. 历史的记忆共同的伤痛——论路易斯·厄德里克《鸽灾》中的文化创伤书写 [J]. 当代外国文学，2014（3）：56-61.

[115]　WILLIAM J. The Burden of Justice：Louise Erdrich Talks about The Round House[EB/OL].（2012-01-10）[2020-10-18]. http：//artsbeat.Blogs.nytimes.com/2012/10/24/the-burden-of-justice-louise-erdrich-talks-about-the-round-house /

[116]　陈靓. 族裔性的空间建构：《拉罗斯》的叙事策略 [J]. 英美文学研究论丛，2020（2）：152-161.

[117]　丁文莉. 论路易斯·厄德里克《甜菜女王》中的族裔性 [J]. 外国语文，2017（6）：39-43.

[118]　OWENS L. Other Destinies：Understanding the American Indian Novel[M]. Norman：University of Oklahoma Press, 1992：206.

[119]　丁文莉，邹惠玲.《痕迹》和厄德里克：小说内外的恶作剧者 [J]. 当代外国文学，2013（3）：118-124.

[120]　ERDRICH L. Where I Ought to Be：A Writer's Sense of Place[EB/OL]. New York Times（1985-07-28）[2019-05-26]. https：//www.nytimes.com/1985/07/28/books/where-i-ought-to-be-a-writer-s-sense-of-place.html.

[121]　ERDRICH L. About the Book：From Mustache Maude to 9/11 and the Story Behind the Book [M]. The Plague of Doves. New York：Harper Perennial, 2009.

[122]　路易斯·厄德里克. 鸽灾 [M]. 张廷佺、邹欢，译. 上海上海译文出版社，2017.

[123] 黎会华. 历史事件与小历史书写——解读路易斯·厄德里克的《鸽灾》[J]. 外国文学, 2011（3）: 94-101.

[124] 黄心雅. 创伤、记忆与美洲历史之再现: 阅读席尔珂《沙丘花园》与荷冈《灵力》[J]. 中外文学, 2005（8）: 69-105.

[125] 路易斯·厄德里克. 圆屋 [M]. 张廷佺、秦方云, 译. 上海上海译文出版社, 2018.

[126] 张琼. 源与流: 厄德里克的 21 世纪小说创作 [J]. 社会科学研究, 2017（5）: 14-23.

[127] 张冬梅. 论厄德里克最新小说《拉罗斯》中的修复式正义 [J]. 外国文学研究动态, 2017（1）: 89-96.

[128] 王坚. 美国印第安人政策史论 [M]. 天津: 天津人民出版社, 2018: 86.

[129] ERDRICH L. LaRose[M]. New York: Harper Collius, 2016.

[130] STREHLE S. Contemporary Historical Fiction, Exceptionalism and Community[M]. New York: Palgrave Macmillan, 2020: 134.

[146] 邹惠玲. 当代美国印第安小说的归家范式 [J]. 英美文学研究论丛, 2009（2）: 22-28.